Alessa Thorn croit que les monstres et des méchants ont droit à une fin heureuse. Elle aime les vêtements noirs, l'eye-liner et les romances brûlantes. Elle est l'autrice de nombreux best-sellers et, comme elle trouve les héros ennuyeux, tous ont pour protagonistes des personnages moralement gris s'efforçant d'atteindre le bonheur.

De la même autrice :

La Rage des faes :
1. *Le Baiser du prince de sang*
2. *Le Cœur du prince de l'hiver*

CE LIVRE EST ÉGALEMENT DISPONIBLE
AU FORMAT NUMÉRIQUE

www.milady.fr

Alessa Thorn

Le Baiser du prince de sang

La Rage des faes – 1

Traduit de l'anglais (États-Unis) par Frédéric Grut

Milady

Milady est un label des éditions Bragelonne

Titre original : *Kiss of the Blood Prince*

ISBN : 978-2-8112-2001-3

Bragelonne – Milady
60-62, rue d'Hauteville – 75010 Paris

E-mail : info@milady.fr
Site Internet : www.milady.fr

Prologue

Personne n'était préparé à la fin du monde.

L'année avait si mal commencé que l'on avait fini par prendre les événements à la plaisanterie pour ne pas sombrer dans la folie.

Au cours des six premiers mois, des incendies colossaux avaient ravagé des milliards d'hectares dans l'hémisphère Sud. Le Nord, lui, avait connu des tempêtes de neige si intenses que toute l'Europe s'était retrouvée prise sous la glace. Sans parler des ouragans, des inondations dues à la mousson et des glissements de terrain en Asie.

De nombreux volcans grondaient et menaçaient d'exploser à tout moment et de noircir le ciel de cendres. Nous pensions que ces phénomènes étaient dus au changement climatique.

Quant à la magie, personne n'y croyait. L'humanité ne pouvait se douter que ces manifestations de colère de la nature étaient générées par le retour de celle-ci dans notre monde.

L'Angleterre était l'un des rares pays à n'avoir pas encore subi de désastre. Le reste de la planète plaisantait en disant que le climat était si pourri qu'on pouvait le classer en tant que catastrophe naturelle.

Nous n'imaginions pas que ce calme relatif était annonciateur d'un sort encore plus cruel.

Nous aurions dû deviner que ces événements étaient des avertissements, de simples précurseurs du fléau à venir.

Nous pensions que ces horribles caprices du climat étaient la pire chose qui pouvait nous arriver, mais nous avions tort. Découvrir combien l'humanité avait mérité ce qui lui arrivait allait s'avérer encore bien plus cruel.

Nous aurions dû consacrer autant d'énergie à nos préparatifs qu'à nos plaisanteries. D'un autre côté, rien n'aurait pu nous préparer à la calamité qui s'apprêtait à s'abattre sur l'Angleterre.

Personne n'aurait pu être prêt… pas pour lui.

Chapitre premier

Elise comprit que sa journée serait un cauchemar lorsqu'un type en costume chic la heurta dans le train et renversa son café sur elle. Il s'excusa et commença à la nettoyer avec son mouchoir au point qu'elle dut lui repousser les mains, qu'elle jugeait trop baladeuses.

— Lundis de merde, grommela-t-elle alors qu'elle descendait du wagon tout en boutonnant son manteau pour cacher les taches.

La station de Tottenham Court Road était bondée à cette heure de la matinée, et l'air humide sentait le renfermé et les relents de l'activité humaine.

Dehors, un vent glacial la frappa au visage. Comme les autres passants, elle se pencha en avant pour s'en protéger. Le café collant commençait déjà à geler contre sa peau.

Génial !

Elle allait avoir besoin d'un remontant pour résister à la journée qu'elle allait passer enfermée dans un bureau en sous-sol, à étouffer entre des amoncellements de boîtes poussiéreuses. Elle regarda l'heure sur son téléphone. Huit heures et demie. Elle avait tout le temps de s'offrir son petit plaisir favori.

Plutôt que de prendre la direction de son bureau sur Morwell Street, Elise accéléra le pas le long de Great Russell Street, où se trouvait son havre de paix. Les colonnes du British Museum lui apparurent et elle s'abandonna à leur charme.

Tout en zigzaguant entre les touristes agglutinés, elle sentit qu'elle se calmait et acheta un café à l'un des nombreux vendeurs ambulants qui profitaient de la foule qui se pressait devant le British Museum.

Un de ces jours, Elise, c'est là que tu travailleras. Elle s'assit sur une marche humide, sirota son café brûlant et se laissa glisser dans son rêve préféré. Elle s'imagina en train de déchiffrer de vieux manuscrits, de les restaurer avec soin et d'en numériser les mots pour les générations futures. Elle errait dans les archives et y dénichait des trésors enfouis. On faisait appel à elle pour l'achat de nouveaux manuscrits et elle aidait Interpol à traquer des antiquités vendues au marché noir.

Elise avait fait des études d'histoire et détenait un master en restauration d'œuvres d'art, mais où avait-elle échoué après la fac ? Dans le département des ressources humaines d'une agence immobilière. Dans cet univers, ses excellentes notes et la qualité de ses articles académiques n'avaient aucune valeur, mais elle devait gagner sa vie d'une manière ou d'une autre, et les postes au British Museum étaient rares.

Tu finiras par y arriver. Une étape à la fois. Elle crut entendre la voix de son père et son cœur se serra. L'été précédent, le cancer qui le rongeait avait fini par prendre le dessus et il lui manquait toujours énormément. Elle avait pris un mois de congé pour régler la succession, mais son patron avait fini par lui dire que, si elle avait besoin de plus de temps, le mieux était qu'elle démissionne.

Comme si j'allais te faire ce plaisir! Elle aurait probablement mieux fait de vendre la maison de Salisbury pour se rapprocher du centre de Londres, mais elle n'en avait pas eu le courage.

— Hé, Elise! cria une voix joviale depuis le bout du petit parc.

Le look de Chrissy détonnait dans la grisaille hivernale. Elle portait une veste et un petit bonnet jaune vif. Ses boucles brunes volaient au vent et s'emmêlaient dans ses gigantesques boucles d'oreilles roses.

— Salut.

Elise se leva et jeta un dernier regard mélancolique aux majestueuses colonnes avant d'emboîter le pas à sa collègue.

— C'est cool, j'avais peur d'être la seule à être en retard. On n'aura qu'à dire que le métro était bloqué, proposa Chrissy, le souffle court. Alors, tu venais te prosterner devant ton temple sacré?

— Ouais, si on veut. J'avais pas envie d'aller directement au boulot, répondit Elise avec un sourire.

Elle aimait bien Chrissy, mais cette dernière pétait le feu dès le réveil. Elise, quant à elle, ne commençait à émerger qu'aux alentours de 10 heures.

— M'en parle pas. Bon sang, j'ai une de ces gueules de bois ! J'étais invitée à une fête pour le solstice d'hiver hier soir et j'y suis allée un peu fort côté boisson, expliqua Chrissy en enfournant la moitié d'un croissant. Mais il y avait une énergie de dingue à la soirée. Même avec ma gueule de bois, elle me fait encore vibrer.

— J'espère que tu nous transmettras tes bonnes vibrations alors. Je crois qu'on en a tous besoin ces temps-ci.

Elise sourit une nouvelle fois, car il était impossible de rester d'humeur maussade à côté de Chrissy.

— Ah ! ouais, j'ai entendu aux infos que le parc de Yellowstone allait bientôt exploser. Sérieux, cette année, je crois que plus rien ne peut me surprendre. Gaïa est furax, je te le dis. On a fait un rituel hier soir pour essayer de calmer les choses, mais la Déesse n'est pas facile à apaiser.

Chrissy était une fervente adepte de la spiritualité New Age mais, par chance, elle ne cherchait pas à imposer ses convictions à Elise. Cette dernière, malgré son enfance protestante, s'était lassée de la religion, et Chrissy se souciait plus de sa prédilection pour les vêtements noirs et de son absence de vie sexuelle que de ses croyances.

— Un rituel de solstice d'hiver… On dirait une orgie glaciale dans les bois, la taquina Elise.

Cela fit apparaître un sourire narquois sur les lèvres de Chrissy.

— Il y a un peu de ça, mais ne te moque pas tant que tu n'as pas essayé. Je suis dégoûtée que le solstice tombe un lundi. Sans ça, j'aurais pu aller à Stonehenge et m'offrir un vrai bain d'énergie, répondit-elle tandis qu'elle pénétrait dans la chaleur accueillante du hall d'entrée de Highland and Pierce.

— Et, comme j'habite à vingt minutes de Stonehenge, je parie que tu m'aurais appelée pour que je vienne te chercher parce que tu te gelais les fesses, répliqua Elise en lui donnant un petit coup d'épaule amical.

— C'est probable. Entre nous, un bon thé devant la cheminée de ton cottage, ça fait envie. Bon, à ton avis, qu'est-ce qu'Ombrage va porter aujourd'hui ? demanda Chrissy en entrant dans l'ascenseur. Son gilet beige ou le crème à pois beiges ?

« Ombrage » était le surnom qu'elles donnaient à Susanna, la directrice des ressources humaines. Elle était atroce, à l'image du personnage de Harry Potter, et avait un goût encore plus déplorable en ce qui concernait la mode et la décoration. Elle exhibait sur son bureau une collection de poupées effrayantes qu'Elise déplaçait quand elle avait le dos tourné, rien que pour la contrarier.

— Je dirais celui qui est un peu plus beige que le beige standard, mais moins que le beige foncé.

Cet échange les fit glousser de rire, jusqu'à ce que les portes de l'ascenseur s'ouvrent pour leur révéler Ombrage en personne, vêtue du gilet à pois beiges, qui les attendait.

— Où étiez-vous ? Vous avez dix minutes de retard, et j'ai besoin de vous pour répondre aux appels pendant notre réunion managériale.

— Désolée, notre train a eu du retard, une histoire de glace sur la voie, je crois, s'excusa Chrissy avec un sourire penaud. Les transports en hiver, vous savez ce que c'est. Filez, on prend le relais.

Susanna fronça les sourcils derrière ses lunettes et entra dans l'ascenseur, les lèvres pincées.

— Nous en reparlerons plus tard.

— J'aurais dû péter dans la cabine avant de sortir, dit Chrissy une fois les portes métalliques refermées.

— Ce n'est que partie remise, la consola Elise avec un petit rire.

Son bureau, équipé d'un ordinateur et d'un scanner, se trouvait à côté des vastes armoires qui abritaient les copies papier de tous les dossiers du personnel.

Une plante grasse à moitié morte et une photo de son père formaient toute l'étendue de son effort décoratif.

« Pourquoi me fatiguer puisque je ne suis là que pour deux mois ? » était la réflexion qu'elle s'était faite plus d'un an plus tôt. *Il faut vraiment que je me tire d'ici.*

Elise posa son manteau sur une chaise, sortit le chemisier qu'elle gardait sur place en cas d'urgence et partit se changer dans les toilettes.

Lorsqu'elle revint, Chrissy l'attendait en battant son paquet de tarot orné de créatures fantastiques. Elise remarqua que son amie la regardait bizarrement.

— Qu'est-ce qu'il y a ? Il y a une autre tache de café quelque part ?

— Non, c'est juste que ton aura semble bien plus forte que d'habitude aujourd'hui.

— J'ai changé de marque de céréales, tu crois que ça compte ? Elles sont pleines de fibres.

Chrissy leva les yeux au ciel.

— Inutile de me provoquer, ça ne marchera pas. Je suis trop chargée d'énergie sombre.

— Hmm, ce n'est pas très rassurant, commenta Elise en allumant son ordinateur.

— Nous sommes des êtres d'ombre et de lumière, Elise. Tu dois accepter ces deux facettes, qu'elles te plaisent ou non, répondit Chrissy, pas le moins du monde perturbée. (Elle mit les cartes en éventail et les lui présenta.) Prends-en une.

Pour lui faire plaisir, Elise ferma les yeux et passa les doigts sur les cartes. C'était un passe-temps amusant auquel les deux amies s'adonnaient au moins une fois par semaine. Elise fut donc surprise de tomber sur une carte qu'elle n'avait encore jamais vue.

Il s'agissait d'un fae de haute taille avec de longs cheveux rouges et des bois de cerf sur la tête. Il avait deux épées croisées dans le dos, et son torse était couvert de tatouages pastel. Ses yeux dorés avaient un éclat sauvage et sa bouche sensuelle arborait le genre de sourire que vous adresse un loup… juste avant de vous sauter à la gorge.

— Par pitié ! dis-moi que ça veut dire que je vais gagner au loto, plaisanta Elise, mais l'air pensif de Chrissy l'étonna. Qu'est-ce qu'il y a ?

— Rien. Cette carte a une très forte énergie masculine. C'est la première fois que je vois une femme la tirer. (Sa voix se fit plus grave, et ses yeux se figèrent en une expression vitrée.) Tu vas faire un voyage dans lequel tu affronteras les ténèbres et les difficultés. Tu auras un protecteur dans l'ombre, mais tu ne seras jamais en sécurité. (Soudain, Chrissy secoua la tête.) Qu'est-ce que j'ai dit ?

— Que j'allais rencontrer quelqu'un. J'espère au moins qu'il sera sexy, pas comme Barry de la comptabilité.

Ce dernier avait trop bu lors de la fête de Noël et avait essayé de l'embrasser. Depuis, il l'invitait à dîner une fois par mois, avec une régularité de coucou suisse.

Non, merci.

— Non, il ne s'agit pas de Barry.

— Le seul autre homme que je vois régulièrement, c'est Glenn, tous les lundis soir au pub, plaisanta Elise.

Glenn, le meilleur ami de son père, gardait l'œil sur elle pour s'assurer qu'elle allait bien. Elise appréciait sa compagnie, car cela lui donnait l'occasion de parler de son père. De plus, le lundi soir, le pub proposait des tarifs réduits, et Elise ne savait pas dire non à un bon repas arrosé d'une pinte pour un prix raisonnable.

Chrissy s'ébroua une nouvelle fois et posa la carte contre la plante grasse de son amie.

— Je sais pas trop quoi en penser, ma belle. Je me sens un peu bizarre. Ça doit être ma cuite d'hier soir. Tiens, je te laisse le guerrier fae sexy pour la journée, ajouta-t-elle avec un sourire.

— Tu sais quoi ? peut-être que tu devrais boire un peu d'eau, avec toutes les pâtisseries dont tu te goinfres.

Chrissy lui adressa un doigt d'honneur.

— Je bois des tonnes d'eau, crétine.

— Si ce n'était que de l'eau… Je me fais du souci pour toi.

— Si tu le dis. Bon, on se voit à midi.

Elise la regarda s'éloigner, puis reporta les yeux sur la carte.

— Bon, on dirait qu'on se retrouve tous les deux. Ça tombe bien, j'avais besoin de compagnie pour me lancer dans l'aventure et scanner le bulletin trimestriel de la boîte.

Il lui sembla que le sourire du redoutable fae s'élargissait un peu.

Chapitre 2

Comme Elise l'avait prévu, la journée s'avéra interminable. Elle trouva un cheveu dans son sandwich du midi, et son café était froid. Son ordinateur s'éteignit deux fois de lui-même pour des mises à jour. Le scanner, mal aligné, allongea les lettres de plusieurs pages, qu'Elise dut refaire. Quant à Chrissy, son anxiété ne fit que monter au fil des heures. Son excitation de la nuit précédente finit par se tarir, la laissant à la fois nauséeuse et nerveuse.

— Mais qu'est-ce qu'ils avaient mis dans ta boisson ? demanda Elise en lui donnant deux comprimés pour le mal de ventre.

Elle en avait toujours une boîte sur elle. Avec deux heures de transport par jour, elle avait appris à prendre ses précautions.

— J'en sais rien. Quelqu'un a peut-être glissé des champignons hallucinogènes dans la salade, suggéra Chrissy, dont le teint était grisâtre.

— Ils ne font plus effet, on dirait.

— J'ai remarqué, merci, grogna-t-elle en avalant les comprimés. Ça ne ressemble pas à une gueule de bois. Je me sens angoissée, comme si j'étais sous le coup d'un mauvais sort.

Cette andouille est en train de me rendre parano. Elise n'avait qu'une envie : rentrer chez elle et se glisser dans un bon bain chaud.

Dans la rue menant à la station de métro, les trottoirs étaient déjà bondés. Elise prit le bras de Chrissy pour l'aider à se tenir droite.

— J'ai envie de dormir pendant une semaine.

— Prends une boisson électrolytes, tu te sentiras mieux.

Une fois en bas des marches, elles se séparèrent pour gagner leur quai respectif.

Elise croisa trois femmes et un homme à l'allure de nymphes sylvestres déjantées. Ils portaient des pantalons en cuir et leurs longues tresses étaient ornées de plumes. Ils avaient aussi des peintures de guerre bleu foncé sur les bras et le visage, avec des motifs de spirales complexes.

On dirait qu'ils ont eu droit à un jour de congé pour fêter le solstice, ceux-là. Ils doivent sortir d'une fête ou d'une convention païenne.

— Sympas, vos costumes, leur dit-elle avec un sourire.

L'une des trois femmes lui répondit par un sifflement qui dévoila ses canines. Ses amis se contentèrent de la regarder avant de s'éloigner. *Étrange*, se dit-elle. Personne d'autre ne les regardait tandis qu'ils fendaient la foule. Les gens se contentaient de s'écarter sur leur passage. Mais cela faisait des années qu'elle fréquentait le réseau ferré londonien, et elle avait appris à ne plus s'étonner de rien.

Elle dut passer les trente minutes suivantes entre un homme à l'odeur corporelle douteuse et une femme qui ne cessait pas de parler au téléphone, mais à Woking, probablement grâce à une intervention des dieux des transports publics, elle parvint à trouver un siège libre. Elle sortit sa liseuse, mais l'appareil refusa de s'allumer. Elle tenta de la réinitialiser, sans effet. Elle avait envie de pleurer de frustration.

Bon, au moins, la journée ne peut pas empirer.

Ce fut à ce moment que son téléphone rendit l'âme.

— Mais c'est une blague ! maugréa-t-elle.

La charge était pourtant pleine lorsqu'elle avait quitté le bureau. Un juron lui fit lever la tête, et elle se rendit compte que tous les appareils électroniques avaient cessé de fonctionner dans le wagon.

Elle n'eut pas le temps de s'appesantir sur cette bizarrerie cependant, car aussitôt les ampoules clignotèrent, puis s'éteignirent. Les passagers commencèrent à se plaindre lorsque le train s'arrêta, puis les portes s'ouvrirent et de l'air glacial s'engouffra dans le wagon.

Les hurlements commencèrent.

— C'est quoi ce bordel ? dit une femme dans l'obscurité.

Elise tourna la tête vers la porte vitrée qui les séparait du wagon suivant. Au même instant, le visage d'un homme s'écrasa contre la vitre et du sang jaillit dans tous les sens.

Les passagers se battaient entre eux. Des femmes hurlaient et tentaient de s'arracher les yeux. Un homme marchait sur la tête d'un autre, dont le sang s'écoulait sur le sol. Au milieu de ce chaos, Elise aperçut un éclair doré. Les gens s'écartèrent pour laisser passer une silhouette, et Elise se couvrit la bouche pour contenir un cri. C'était le fae de la carte de tarot. Et il la regardait droit dans les yeux.

Quelqu'un la saisit par les cheveux et elle se retourna pour repousser son assaillante. Elle vit un homme frapper le passager qui se trouvait devant lui avec son ordinateur portable.

Elise, tremblante, s'accroupit et se fit la plus petite possible en priant que personne ne la remarque. La porte entre les deux wagons s'ouvrit et elle retint son souffle, terrorisée par ce qui s'annonçait.

Elle vit apparaître des bois ivoire et or, et l'homme le plus grand qu'elle ait jamais vu grimpa dans le wagon. Il portait une armure dorée, ornée de motifs qui s'entremêlaient de manière complexe. Ses longs cheveux blancs étaient noués en une longue tresse et se terminaient par des pointes rouges.

L'inconnu se tourna face à elle. Sous son masque doré, ses yeux étaient d'un rouge vif. Il portait deux épées croisées dans le dos et, à leur vue, Elise s'accroupit encore plus près du sol et se rapprocha du mur pour s'éloigner le plus possible de lui.

Les autres passagers étaient trop occupés à s'entretuer pour remarquer l'effrayant *cosplayer* fae qui venait d'arriver parmi eux. Une femme se cogna la tête contre la barre de son siège et son sang éclaboussa l'armure du guerrier.

Son corps se mit à émettre une étrange lueur dorée et, soudain, les cris se turent et tous les passagers s'écroulèrent sans vie. Elise, le souffle coupé par la terreur, attendit de connaître le même sort. La mort des mains d'une créature en laquelle elle n'avait jamais cru. Lorsque la lumière tueuse la toucha, elle ne ressentit pourtant qu'un petit picotement. Le fae la regardait, les yeux écarquillés par l'incompréhension.

C'est quoi ce bordel?

Un autre fae, dont la tenue pastel était tachée de sang, entra par la porte latérale et prononça quelques mots en une langue gaélique gutturale. Remarquant Elise qui tremblait dans son coin, il tira une lame effrayante de son fourreau.

Un claquement métallique éclata à quelques centimètres de la tête de la jeune femme, qui entrouvrit un œil. Le fae doré avait paré le coup avec sa propre épée. Il dit quelques mots d'une voix sèche, un ordre, à en croire son ton, et son collègue aux cheveux noirs recula d'un pas, à la fois surpris et horrifié.

Le fae doré s'écarta et l'autre s'avança vers Elise pour l'extirper de sa cachette. La jeune femme résista de son mieux, mais en vain. Son agresseur la força à s'agenouiller devant le fae doré.

Ce dernier l'observait de ses yeux rouges qui brillaient derrière son masque. Soudain, il s'entailla le pouce sur le tranchant de sa lame et passa son doigt ensanglanté sur le front d'Elise avant de le lui enfoncer dans la bouche et de le frotter sur ses dents. Elle tenta de recracher le sang, mais il lui saisit le visage et lui ferma la mâchoire jusqu'à ce qu'elle l'ait avalé. Le goût de miel et de fleurs n'était pas désagréable, mais Elise n'en eut pas moins un haut-le-cœur.

Une fois son méfait accompli, le fae lui tourna le dos et, d'un bond léger, sauta sur le dos d'un cheval blanc qui attendait à côté du wagon. Le fae brun lia les mains d'Elise avec une lanière de cuir et la jeta sans cérémonie sur la selle de son propre destrier, puis s'installa derrière elle avant d'appuyer la pointe d'une dague contre son cou. Il marmonna quelques mots qu'Elise n'avait pas besoin de comprendre pour en deviner le sens. « Si tu essaies de t'enfuir, je te tranche la gorge. » Elle hocha la tête, trop effrayée pour faire quoi que ce soit d'autre.

Elle tourna alors la tête et vit qu'une armée de faes à cheval entourait le train. Tandis qu'ils passaient devant les wagons, elle aperçut par les portes ouvertes ce qui restait des passagers qui s'étaient jetés les uns sur les autres lors de ce terrifiant coup de folie. Le spectacle de ce carnage lui retourna l'estomac. Le massacre avait été perpétré par les passagers eux-mêmes. Les faes s'étaient contentés de les regarder s'entre-tuer sans même descendre de leurs montures.

Le prince doré tourna ses yeux froids sur elle.

— Ramenez-la au camp. (Elle sursauta en constatant qu'elle comprenait ce qu'il disait.) Je m'occuperai d'elle à mon retour.

— Bien, mon prince, répondit le guerrier qui se tenait derrière lui.

De plus en plus horrifiée, Elise regarda le prince doré faire un geste élégant de la main. Le train reprit vie, ses portes automatiques se refermèrent, et il repartit en direction de Londres, emportant dans ses entrailles la folie meurtrière dont il avait été le théâtre.

Chapitre 3

Elise n'avait jamais douté de son courage. Elle avait soigné son père pendant son agonie sans jamais craquer. Elle avait géré l'apparition malvenue de sa mère indigne à l'enterrement et l'en avait exclue avec autant de grâce que possible. Elle supportait sans une plainte le mépris de ses supérieurs hiérarchiques au bureau.

Mais posée comme un sac de patates sur le dos d'un monstrueux cheval fae, prisonnière d'une armée de créatures mythiques sorties de nulle part... sa bravoure semblait s'être évaporée. Elle vomit de peur, secouée par le galop du cheval, car elle savait que chaque seconde la rapprochait de la torture et de la mort. La vitesse et l'inconfort de sa position mettaient ses côtes à l'agonie et la faisaient sangloter.

Il faisait si sombre qu'elle ne voyait même pas où ils se trouvaient dans cette campagne qu'elle connaissait pourtant si bien. Chaque fois qu'elle essayait de lever la tête pour regarder le paysage, une main implacable la forçait à reprendre sa place.

Des lumières apparurent et le cheval ralentit enfin. Elise prit le risque de tourner la tête et vit des centaines de torches qui illuminaient un cercle de monolithes.

Stonehenge.

L'armée fae avait transformé le site en camp martial à l'activité débordante. Ils montaient des tentes, poussaient des cris de guerre, allumaient des feux. Les pierres dressées étaient recouvertes de runes et de dessins brillants.

L'espace d'un instant, malgré sa panique, Elise se dit que Chrissy serait ravie de ce spectacle.

Ben merde alors, la magie existe vraiment!

Elle pensa à toutes les fois où elle s'était moquée des croyances de son amie et s'en voulut.

J'espère qu'elle va bien.

Le fae arrêta son cheval devant une grande tente rouge et doré, la plus proche de l'énergie bourdonnante qui émanait du cercle de pierres.

— Déjà de retour avec un butin, général Fionn ? demanda quelqu'un.

— Pas le mien, celui du prince. Et ne me demande pas pourquoi il a choisi un butin pareil, répondit le guerrier fae derrière elle.

Fionn sauta de sa monture et l'en fit descendre sans ménagement. Les jambes engourdies d'Elise se dérobèrent sous elle et elle tomba à genoux. Elle avait du mal à respirer et ses côtes étaient si douloureuses que plusieurs d'entre elles devaient être cassées. Fionn ne s'en soucia pas. Il la tira brutalement à l'intérieur de la tente et la jeta par terre à côté d'une grande perche.

— Ne bouge pas, grogna-t-il.

Il la saisit par les mains et l'attacha au poteau comme il l'aurait fait d'un chien errant, puis lui prit le menton et la força à lever le visage pour qu'il soit dans la lumière des torches. Le regard de ses yeux bleus en amande était plein de dégoût et de violence.

— Prie tes dieux, pitoyable humaine. J'ai hâte de voir ce que le prince te réserve.

Elise n'eut pas le temps de réfléchir à ce que ces mots impliquaient. Fionn lui assena un coup de poing et elle s'écroula, inconsciente.

Lorsqu'elle reprit connaissance, sa tête lui faisait mal et la terre tremblait sous le choc de centaines de sabots frappant le sol. Elle se roula en boule, terrorisée. L'armée était de retour. Les pans de la tente s'écartèrent, et le prince entra.

Elise feignit l'inconscience et tenta de l'observer sans se faire remarquer. Ses bottes noir et doré passèrent devant elle pour s'arrêter devant une table sur laquelle était posée une cuvette remplie d'eau.

Sans se presser, le prince détacha son armure dorée maculée de sang et en suspendit les pièces une par une sur son présentoir. Sous son plastron, il portait une veste en cuir noir et une chemise de la même couleur, trempées de sueur et de sang. Il porta la main à son masque doré, et Elise, malgré sa peur, retint son souffle.

Il avait le nez droit, le menton bien dessiné et des pommettes saillantes. Ses yeux rouges étaient grands et légèrement relevés aux extrémités. Sa bouche formait le seul élément de douceur sur son visage, avec des lèvres charnues tachées de sang.

Les pointes de ses oreilles étaient coiffées de petits manchons dorés qui scintillèrent lorsqu'il se tourna pour ôter sa veste et sa chemise. Dénué de ses vêtements qui cachaient à quel point son torse était musculeux, il semblait encore plus impressionnant. Mince, mais les épaules larges, il irradiait la force brute.

Le sang avait pénétré le tissu et formé des taches rouges sur sa peau d'une blancheur parfaite.

Elise, horrifiée, ne parvenait pas à détacher les yeux du prince pendant qu'il se lavait le torse et le visage. Elle pensait au train qui retournait à Londres et à toutes les villes qui se trouvaient sur le trajet et qu'il avait peut-être attaquées à la tête de son armée.

Les paroles de Fionn lui revinrent alors : *« J'ai hâte de voir ce que le prince te réserve. »*

Est-ce qu'il va me torturer avec ses immenses couteaux ? Est-ce qu'il va me violer ? Elise ferma les yeux et détourna la tête, la gorge serrée par la peur.

Elle entendit des pas s'approcher, puis un long doigt lui tapota l'épaule.

— Je sais que tu es consciente, humaine. Je sens ta peur.

Elise ouvrit les yeux et recula de son mieux jusqu'à ce que son dos percute le poteau. Le prince s'agenouilla devant elle et l'observa comme un entomologiste l'aurait fait d'un insecte. Vus de près, ses bois étaient aussi longs que son bras et leurs pointes noires en dents de scie étaient recouvertes de peinture dorée.

— Comment t'appelles-tu ? demanda-t-il d'une voix grave et bien modulée.

— E-Elise. (Elle se rappela alors que, selon la légende, il ne fallait jamais donner son nom à un fae.) Euh… non, c'est pas ça, tenta-t-elle de se rattraper, mais il était trop tard.

Le prince haussa légèrement les sourcils.

— Elise, répéta-t-il lentement, comme pour savourer le goût des syllabes.

Un couteau apparut dans sa main, et la jeune femme tressaillit et détourna le visage. Elle sentit le métal froid lui frôler les mains, puis la lanière de cuir se détacha. Elle porta aussitôt les mains à sa poitrine et les frotta l'une contre l'autre pour les désengourdir.

— Merci, marmonna-t-elle en se disant que la politesse lui épargnerait peut-être la torture.

Le prince inclina légèrement la tête, les yeux rivés sur le visage et les cheveux sales d'Elise. Il avait l'air de chercher à percer un mystère, mais Elise eut la présence d'esprit de ne pas s'attarder sur son regard. Elle tenta de détourner les yeux, mais il lui saisit le visage et la força à relever la tête. Ils étaient si proches qu'elle sentait son odeur de sapin et de fumée, un parfum à la fois dangereux et attirant.

Elle posa les yeux sur ses lèvres, car elle n'osait pas regarder plus haut, et entraperçut ses canines lorsqu'il prononça une nouvelle fois son nom. Il lui lâcha le visage avec un grognement de frustration et lui prit la main. Elle voulut résister, mais sa poigne avait la force d'un étau.

— Ne bouge pas, lui ordonna-t-il.

Elle se figea en le voyant passer son couteau le long de sa paume. La lame était si acérée que ce ne fut que lorsqu'elle vit le sang couler qu'elle se rendit compte qu'il l'avait entaillée. Le prince attira sa main ensanglantée vers lui et pencha la tête pour y poser ses lèvres douces. Paralysée par le choc, Elise le regarda boire son sang. Des éclairs dorés illuminaient ses yeux rouges tandis que sa langue chaude lui léchait la peau. La chair de poule apparut sur les bras de la jeune femme. Le prince passa une dernière fois les canines sur sa paume, puis la relâcha. Elise serra aussitôt la main contre sa poitrine, mais la blessure se referma comme par magie.

Ben merde alors !

— Étrange, murmura-t-il.

Ses yeux reprirent leur teinte rouge et il se lécha la lèvre supérieure, puis enroula une boucle des cheveux d'Elise autour de son doigt et la laissa se dérouler.

Des faes arrivèrent alors devant sa tente. Il sortit de son intense concentration et se releva rapidement, puis tira une chemise rouge d'un coffre et l'enfila. Ensuite, il claqua des doigts et des bracelets dorés apparurent sur les poignets d'Elise. Des runes magiques scintillèrent un instant sur le métal, puis prirent une couleur noire.

— Ne cherche pas à fuir, Elise, l'avertit-il en tapotant le bracelet qu'il portait à son propre poignet. Je le saurais immédiatement.

Il sortit du coffre un cristal noir aussi gros que la main d'Elise et ouvrit la porte de sa tente.

En l'apercevant, la foule poussa un rugissement assourdissant et s'écarta sur son passage. Elise rampa jusqu'à la porte, trop effrayée pour sortir mais dévorée par la curiosité. Le prince s'accroupit et enterra le cristal dans l'herbe retournée par les sabots. Un éclat doré illuminait son visage comme s'il était une espèce de dieu païen dévoyé et une aura magique explosa autour de lui.

La foule criait de nouveau, mais Elise l'entendait à peine, fascinée par cette magie bien réelle, aussi puissante que terrifiante.

La terre vibra et le cristal noir émergea du sol en une multitude de rejets, comme si des arbres démoniaques étaient en train de pousser à une vitesse hallucinante. Le cristal était vivant et sa forme ne cessait de se tordre pour donner naissance à un gigantesque château. Le prince se retourna avec un grand sourire tandis que sa magie alimentait le cristal et la terre. Les faes devenaient fous et agitaient leurs lances, frappaient sur leurs tambours, buvaient à leurs cornes. Ils poussaient des cris de guerre et d'admiration pour leur prince, qui les submergeaient de sa puissance.

La vague magique dorée arriva jusqu'à Elise, qui vacilla. La magie brûlante lui chauffait la peau et faisait monter son sang jusqu'à sa tête. Elle s'éloigna de la porte, assommée par sa force. Son corps humain était incapable de supporter la puissance de la magie. La puissance du prince. Son visage doré de prédateur fut la dernière chose qu'elle vit avant de perdre connaissance.

Chapitre 4

Lorsque Kian revint à sa tente, aux premières lueurs de l'aube, l'humaine s'était de nouveau évanouie. Il était épuisé par la puissance qui coulait en lui depuis des jours et sa seule envie était de s'abandonner au sommeil.

Arawan sait que je le mérite.

Kian, prince de sang, avait réussi l'impossible et fait revenir son peuple de Faërie, où il avait été exilé. Par le cercle de pierres, ils étaient parvenus à revenir à Albion. Leurs mille cinq cents ans d'emprisonnement étaient terminés.

Les humains avaient érigé ce cercle de pierres en signe d'avertissement, pour marquer que l'endroit était une porte menant à Faërie. Une porte qu'ils ne savaient ni ouvrir ni fermer. Kian était désormais maître des lieux. Il y faisait pousser son château, qui ferait partie intégrante de ce territoire qu'on leur avait subtilisé. Il avait l'intention de se montrer impitoyable envers les humains, et pourtant, en cette première nuit de guerre, il avait fait une prisonnière.

— Pourquoi toi ? murmura-t-il en regardant Elise allongée sur le sol.

Elle avait été la seule à le voir dans la machine métallique où il l'avait enlevée. Aucun humain n'était censé en être capable. Pire encore, le sort qu'il avait lancé sur les passagers n'avait eu aucun effet sur elle.

C'était sa curiosité qui l'avait poussé à empêcher Fionn de la tuer. C'était peut-être une erreur de sa part. Kian avait enseigné aux faes que les humains étaient pires que des bêtes sauvages et devaient être traités comme tels, mais il n'avait pas réussi à écraser ce misérable insecte. C'était plus que gênant pour lui. Il s'accroupit et se demanda une nouvelle fois pourquoi cette humaine aiguisait tant sa curiosité.

Le sommeil avait banni la peur de son visage, et Kian se rendit compte avec horreur qu'elle était belle. Elle était tout le contraire des femelles faes avec ses courbes gracieuses et son allure qui n'avait rien de guerrière. Ses longues boucles noires étaient emmêlées et douces comme de la soie au toucher.

Ses yeux, lorsqu'ils étaient ouverts, étaient vastes et bleus, aussi charmants que le reste de son corps. Ses lèvres sensuelles étaient entrouvertes, et Kian, sous l'emprise de l'hydromel qu'il avait passé la nuit à boire, ne put s'empêcher de les caresser avec le pouce. Elise soupira dans son sommeil et referma les lèvres sur son doigt. Ce simple geste ranima le désir qui était mort depuis si longtemps en lui. Kian retira la main et poussa un petit sifflement agressif. Il détestait cette émotion soudaine.

— Je devrais te tuer.

Il porta la main à sa dague et ses canines s'allongèrent. En pensant qu'il pouvait vider l'humaine de son sang, son désir s'intensifia encore et il recula.

Généralement, la malédiction ne lui donnait envie de boire du sang qu'à la pleine lune, et il se demanda une nouvelle fois ce que cette humaine pouvait bien avoir de différent.

Elise.

Cela ne pouvait pas tenir uniquement au goût délicieux de son sang. Kian avait l'impression qu'il connaissait cette saveur, mais il ne parvenait pas à l'identifier. Comme s'il y avait goûté en rêve, mais qu'il l'avait oubliée. C'était un mélange de magie liquide, de joie et de chaleur.

Cela venait peut-être du fait qu'Elise était humaine. Pourtant, il avait bu le sang d'autres humains pendant ce jour de bataille, mais aucun n'avait les mêmes qualités. Avec elle, il avait l'impression d'avaler un rayon de soleil liquide qui réchauffait jusqu'aux parties les plus froides de son corps. La minuscule gorgée qu'il avait aspirée de sa paume avait suffi à renouveler ses réserves de force et de puissance et lui avait permis de faire pousser son château avec une facilité déconcertante.

Mais qu'est-elle donc ? Arawan seul le sait.

Avant d'être un prince guerrier, Kian était avant tout un érudit. Il trouverait la raison pour laquelle Elise avait un tel effet sur son corps et sur son pouvoir. Et ensuite il la tuerait.

Il pouvait faire d'elle ce qu'il voulait. Elle portait son or aux poignets, signe qu'elle n'appartenait qu'à lui. Savoir qu'il était son maître l'emplissait d'un plaisir aussi sombre que délicieux. Jamais il n'avait eu d'esclave. Il avait même l'esclavage en horreur, et pourtant la première chose qu'il avait faite avait été de s'approprier Elise de sorte qu'elle ne puisse pas lui échapper.

— Rien qu'à moi.

Il passa la main sur son flanc et laissa sa puissance flotter sur elle. Lorsqu'il arriva à sa mince cage thoracique, il détecta des fêlures dans ses fragiles os humains et poussa un petit grognement. Fionn l'avait maltraitée. Sans hésiter, il fit appel à sa magie pour la soigner. Aussitôt, la respiration d'Elise se fit plus profonde.

Mais à quoi tu joues ?

Il se releva et s'éloigna de quelques pas. Il ne la possédait que depuis quelques heures et il devait déjà lutter contre des pulsions qu'il ne contrôlait pas.

Si mes frères étaient là, ils se moqueraient de moi et me diraient combien je suis ridicule.

S'il y avait bien une chose qu'il détestait presque autant que les humains, c'était ne pas avoir le contrôle.

Il agrippa de nouveau la poignée de sa dague et revint vers l'humaine, prêt à plonger la lame dans sa chair. Elise murmura quelques mots incompréhensibles, le visage renfrogné, les doigts crispés et tendus vers lui, comme si elle cherchait à l'attraper.

— Fait chier ! grommela-t-il.

Il ne pouvait pas la tuer en la voyant aussi impuissante qu'un nourrisson. Il n'y aurait aucune victoire à cela. D'un geste de dégoût, il lança sa dague contre l'une des perches qui soutenait la tente. La lame s'enfonça droit dans le bois.

Il faut que tu dormes. Tu es sous le coup de la malédiction, voilà tout.

Il regarda le bout de sa tresse et les cinq centimètres de rouge restant, qui traduisait le peu de temps qui lui restait dans ce monde. Lorsque le rouge virerait au blanc, il mourrait. Il luttait contre la malédiction depuis mille cinq cents ans et il ne lui restait qu'une poignée d'années à vivre.

Mais cela n'avait que peu d'importance. Cela lui suffirait. Il se vengerait des humains, qui avaient tué leurs bébés avant de les bannir. Il rirait de l'ombre de la sorcière morte qui les avait maudits, ses deux frères et lui, en les condamnant à un destin terrifiant. Ils périraient dans une tempête de feu, de mort et de sang, de glace et de ténèbres sans fin, et se présenteraient au grand palais d'Arawan avec le sourire du devoir accompli.

Kian ôta ses bottes et s'écroula sur le lit recouvert de fourrures. Il faisait déjà plus froid à Albion qu'à Faërie. À cette pensée, il se releva d'un bond pour envelopper l'humaine d'un manteau.

— Par tous les dieux, tu dois être une sorcière ! maugréa-t-il en se recouchant.

Chapitre 5

Lorsque Elise s'éveilla, elle était recroquevillée sous une cape noire qui sentait les arbres et la fumée. Le jour était levé, mais le camp s'éveillait à peine de sa nuit de débauche. On avait déposé des fruits et un pot rempli d'eau à côté d'elle. Elle s'assit et remarqua que ses côtes ne lui faisaient plus mal. Plus curieux encore, son corps ne portait plus le moindre hématome.

Comment c'est possible ? Après sa chevauchée fantastique de la veille, elle était recouverte de marques et d'égratignures. La vague magique du prince l'avait-elle guérie ? Elle avait vu de ses propres yeux sa paume se refermer, après tout, donc tout était possible.

Elise renifla l'eau, puis se dit que, si les faes voulaient la tuer, ils n'avaient qu'à la poignarder. Comme sa gorge était très sèche, elle tenta sa chance. Cette eau était la meilleure qu'elle ait jamais goûtée. Elle était fraîche et claire, et elle la but jusqu'à la dernière goutte. Elle était en train de mâchonner quelques grains de raisin lorsqu'elle se rappela ce que la légende disait de la nourriture fae.

Eh merde ! t'aurais vraiment dû faire plus attention aux histoires de Chrissy.

Elle se figea en apercevant le prince, étendu en plein sommeil sur son lit. Il avait détaché sa tresse, et ses cheveux argentés aux pointes rouges s'étalaient autour de lui. Pour un monstre, il était magnifique, cela ne faisait aucun doute.

La dague fichée dans le bois attira un instant son attention, puis elle reporta les yeux sur le prince. Combien d'humains ses guerriers et lui avaient-ils tués hier ? Combien en massacreraient-ils encore lorsqu'ils se réveilleraient ? Ils avaient tous la gueule de bois. Peut-être pouvait-elle en profiter pour se sauver en douce. Les bracelets dorés à ses poignets se mirent à chauffer, comme s'ils avaient senti ses pensées et lui déconseillaient de mettre ce projet à exécution.

Elle se leva et tira sur la dague pour la dégager du poteau. Elle était longue et aiguisée, avec une poignée en merisier poli ornée de motifs dorés. Une arme digne d'un prince. Elle déglutit et regarda le fae endormi.

Était-elle capable de la lui enfoncer dans la poitrine ? Elle se passa la langue sur les lèvres et serra les doigts sur l'arme, puis pensa à une histoire biblique qu'elle aimait dans son enfance. Elle parlait d'une femme qui avait séduit un général ennemi avant de lui couper la tête. Le général était déterminé à massacrer son peuple et la femme en question avait été prête à tout pour l'en empêcher.

Ce n'est pas comme s'il s'agissait de la première vie que tu prends. Un frisson la parcourut à l'évocation de ce souvenir glaçant, qu'elle repoussa aussitôt. Elle refusait de repenser à cette fameuse nuit.

C'était peut-être la seule chance qu'elle aurait de tuer le prince et de s'enfuir, même si cet acte détruirait ce qui restait de son âme torturée.

Elise, tremblante, s'approcha du fae, les yeux rivés sur son torse nu et musclé qui se soulevait au rythme de sa respiration. À chaque pas, le goût de son sang se faisait plus fort dans sa bouche, l'odeur de sapin plus prégnante dans ses narines. Soudain, elle fut prise d'une envie terrifiante d'enfouir le visage dans le creux de son cou pour se noyer dans sa fragrance. Il devait s'agir d'un truc d'autodéfense propre aux faes et elle refusait de s'y laisser prendre.

Résiste, Elise.

Les paumes moites, le cœur tambourinant, elle s'arrêta près du lit. La fascination malsaine que la beauté exerçait sur les humains jouait en sa défaveur. Malgré ses bois, le prince était le plus bel homme qu'elle ait jamais vu. Sa beauté était étrange, inhumaine, mais n'en restait pas moins irrésistible.

Pense aux passagers du train. Elle revit le sang et les hurlements. Revécut l'horreur qu'elle avait éprouvée en regardant ses pauvres gens s'entre-tuer. *Et tout cela à cause de ce magnifique monstre.*

Elise pointa la dague vers le centre de son torse et crispa encore plus les doigts sur le manche. Le goût du fae dans sa bouche était plus fort que jamais, mais elle déglutit pour l'effacer et faire abstraction de l'envie qu'elle avait de se coucher à son côté et d'embrasser ses lèvres endormies.

Tu peux le faire. Il va te tuer d'une façon horrible, tu le sais.

Elise leva la dague au-dessus de sa tête, puis abaissa le bras de toutes ses forces, mais des mains puissantes lui saisirent les poignets et arrêtèrent la lame à quelques centimètres de la peau. Le fae ouvrit ses yeux rouges et un sourire carnassier se dessina sur ses lèvres.

— Trop lente, ironisa-t-il.

Vif comme l'éclair, il plaqua la jeune femme sur le lit et inséra son corps massif entre ses jambes. Elise tenta de se débattre et de lui donner des coups de pied, mais il se contenta de se presser contre elle pour empêcher les coups de porter. Comme la dague se trouvait toujours entre eux, elle essaya de l'enfoncer, mais le prince ne fit que rire de ses efforts.

— Alors, comme ça, tu ne te laisses pas dompter aussi facilement. C'est bon à savoir.

La pointe de la lame lui piqua la poitrine et des gouttes de sang ambré se mirent à couler sur Elise. Sous le choc, elle lâcha l'arme. La vision de ce sang l'emplissait d'une panique étrange qui lui faisait oublier toutes ses pensées violentes. Elle aurait voulu poser les lèvres sur la blessure pour la guérir. Ce désir était si violent qu'elle en avait l'eau à la bouche.

— Je-je suis désolée, balbutia-t-elle en posant la main sur la plaie, comme si ce simple geste pouvait endiguer le saignement.

Le prince fronça les sourcils et enfonça la lame dans le matelas.

— Tu ferais un assassin déplorable, Elise. Tu n'es pas censée t'excuser pour une simple égratignure.

— Au moins, j'ai essayé. Ça ne compte pas ?

Cela le fit rire, puis il secoua la tête.

— Tout ce que tu y as gagné, c'est une punition.

Il lui saisit le poignet pour l'éloigner de son torse et le plaquer sur le lit. Elise tenta une nouvelle fois de le repousser, mais c'était futile. D'une seule main, il lui immobilisa les bras au-dessus de la tête tandis que, de l'autre, il lui arrachait son chemisier. Les boutons volèrent dans tous les sens pour révéler un soutien-gorge noir en dentelle. Cette apparition sembla le fasciner et ses yeux rouges se mirent à briller.

Elise recommença à gigoter, mais il poussa un grognement guttural qui la paralysa. Il ôta la dague du matelas et en appuya la pointe contre la poitrine de la jeune femme paniquée.

— Je vous promets que je n'essaierai plus de vous tuer, même si vous m'avez enlevée.

— Oh ! je n'en doute pas. Je vais même tout faire pour m'en assurer.

— Je vous en supplie, ne me coupez pas les seins, l'implora-t-elle.

— Pourquoi ferais-je une chose pareille ? s'étonna-t-il avec un sourire sensuel. Ils sont très agréables à regarder.

Le souffle coupé, Elise le regarda appuyer la lame sur la peau de son sein et y imprimer une minuscule entaille.

— Œil pour œil, dent pour dent.

— Donc on est quittes ? lui demanda-t-elle, pleine d'espoir.

— Loin de là. J'ai tué des gens pour beaucoup moins que ça et je vais faire en sorte que tu ne recommences jamais.

Le prince baissa la tête vers la plaie, qui saignait à peine, puis la lécha. Elise frissonna en dessous de lui, mais sa réaction n'était pas due à la peur.

Mais qu'est-ce qui t'arrive, putain !?

Il se mit à fredonner contre sa peau tout en y passant ses dents acérées, sans toutefois la percer, puis la retourna pour la placer au-dessus de lui. Elle parvint à reculer de quelques centimètres avant qu'il referme les doigts sur son biceps.

— Bois, lui ordonna-t-il.

Son autre main lui saisit l'arrière du crâne et la poussa vers la coupure qui saignait toujours sur son torse. Elle résista, mais il lui tira les cheveux.

— Non…

Elise ne parvenait pas à lui résister et ses lèvres s'écrasèrent sur sa peau brûlante.

— Bois. Sinon, je serai obligé de te tuer.

Elle cessa aussitôt de s'agiter. Un liquide doux envahit sa bouche et elle l'avala en gémissant. Un mélange de magie et de grande chaleur envahit ses veines tandis qu'elle remuait les lèvres contre la peau du prince pour en savourer le goût. Elle l'entendit pousser un juron lorsqu'elle passa une nouvelle fois la langue sur la plaie, enivrée par cette saveur.

— Elise, dit-il en se redressant et en relâchant la pression sur ses cheveux.

Les lèvres de la jeune femme se détachèrent de son torse avec un petit bruit de succion. Les yeux écarquillés d'effroi, elle regarda ce qu'elle venait de faire, constatant le désir qui lui comprimait la poitrine. Elle sentait le sexe rigide du fae sous elle et en déduisit qu'elle n'était pas la seule à être excitée par son ennemi.

— Regarde-moi, lui ordonna-t-il. (Elle ouvrit les yeux et les fixa sur lui.) Répète après moi : « Je jure de ne plus jamais lever la main sur le prince Kian avec des intentions violentes. »

Elise sentit la magie du fae prendre le contrôle de sa langue.

— « Je jure de ne plus jamais lever la main sur le prince Kian avec des intentions violentes », murmura-t-elle. (Sa langue s'attarda sur ces deux syllabes. Kii-aan. Elle connaissait désormais son nom, comme il connaissait le sien. Elle haussa un sourcil.) Vous vous appelez Kian ?

— Oui.

— Et c'est comme cela que je suis censée m'adresser à vous ?

— Si tu souhaites vivre, je te le déconseille. (Il la souleva et reboutonna son chemisier.) Tu m'appelleras « maître », comme tout le monde.

Il se leva et enfila une chemise. Elise constata que la plaie de son torse s'était déjà refermée.

Et je l'ai nettoyée à coups de langue, se dit-elle en secouant la tête, incrédule. *Comment est-ce que ça a bien pu arriver ?*

— Est-ce que tous les faes sont des vampires ? (À cette question, il releva vivement la tête.) Vous buvez du sang. Les autres aussi ?

— Non, je suis le seul, répondit Kian en enfilant sur ses épaules un holster en cuir contenant une épée et plusieurs dagues plus effrayantes les unes que les autres. Et je ne suis pas un vampire. Je suis victime d'une malédiction. Ce n'est pas la même chose.

— Heureuse d'apprendre que je ne vais pas servir de snack à tout le monde...

Elise n'eut pas le temps de terminer sa phrase. Soudain, Kian s'approcha d'elle et, les yeux luisant de fureur, la saisit par les bracelets dorés qu'elle portait aux poignets.

— Ces bracelets indiquent que tu m'appartiens. Que tu es *mon* esclave. Le premier qui te touchera perdra la main.

Elle hocha la tête et le prince la lâcha, puis ramassa son manteau et l'en enveloppa. Pour quelqu'un qui venait de la revendiquer comme esclave, il faisait preuve d'une prévenance surprenante. Devant l'air hébété de la jeune femme, il poussa un juron.

— Il fait froid dehors, lui expliqua-t-il d'une voix irritable en prenant pour lui-même une veste noire agrémentée de fourrure. Je vais te trouver une occupation pour que tu n'aies plus le loisir de concocter des moyens de me tuer.

— Je trouverai toujours le temps pour ça, murmura-t-elle.

Kian l'entendit néanmoins et lui adressa un sourire aussi menaçant que les lames acérées qu'il s'était harnachées dans le dos.

— Si tu veux réessayer, tu es la bienvenue.

Chapitre 6

Dehors, le sol était gelé et il tombait une espèce de neige fondue. Elise serra le manteau de Kian autour de ses épaules. Comme elle regrettait de ne pas avoir de vraies bottes bien chaudes plutôt que le modèle élégant qu'elle avait choisi la veille pour se rendre au bureau !

Terrifiée, elle leva les yeux sur le château gigantesque qui avait poussé au cours de la nuit. Il était hérissé de six tours et semblait taillé dans un bloc d'obsidienne.

— Ne traîne pas, lâcha Kian.

Il marchait devant elle à grandes enjambées et Elise se hâta de le rattraper. Le petit sourire qu'il avait eu dans la tente s'était effacé et il était redevenu le prince terrifiant qu'elle avait rencontré dans le train. Elle ne parvenait toujours pas à croire qu'elle avait essayé de le poignarder et que lui ne l'avait pas tuée en retour. Elle avait vu à quel point il pouvait se montrer impitoyable.

Utilise ta cervelle pour rester en vie, lui conseilla alors la voix de son père.

Les rares faes éveillés s'inclinèrent devant le prince et regardèrent Elise avec un mélange d'étonnement et de dégoût. Elle tenta de garder les yeux rivés sur le dos de Kian. Il lui avait dit que personne ne pourrait la toucher, ce qui, en un sens, la rassurait.

D'un autre côté, elle se doutait qu'il n'hésiterait pas à la tuer lui-même dès que l'envie l'en prendrait. Il l'avait épargnée après sa tentative d'assassinat, mais elle n'était pas assez naïve pour croire qu'il avait renoncé à se venger.

Je l'ai entaillé. Il m'a rendu la monnaie de ma pièce. Elise espérait qu'il suivrait la même logique en sens inverse et qu'il la laisserait vivre si elle n'essayait plus de le tuer. Cet espoir était bien mince, mais c'était le seul auquel elle pouvait s'accrocher.

Les hautes murailles du château abritaient une vaste cour dans laquelle de nombreux guerriers faes étaient en train de prendre soin de leurs chevaux. Jamais Elise n'en avait vu de si gigantesques, avec une crinière broussailleuse et de longs poils sur les pattes. Les abreuvoirs en pierre à côté des stalles étaient de la taille d'une baignoire. Les guerriers s'inclinèrent très bas devant leur prince, qui les salua d'un hochement de tête. Elise le suivit à travers la cour jusqu'à une porte en bois.

Ils entrèrent dans la cuisine, qui débordait d'activité. Contrairement aux guerriers, qui avaient une allure plus ou moins humanoïde en dépit de leurs oreilles pointues et de leurs cornes diverses, les faes de la cuisine ressemblaient à ceux qu'Elise imaginait dans les histoires : avec eux, la nature semblait avoir laissé libre cours à sa fantaisie pour donner naissance à des humains avec des ailes de papillon dans le dos, ou des feuilles à la place des cheveux. Elle fit de son mieux pour ne pas les regarder, mais échoua lamentablement.

— Oh ! maître, pourquoi entrez-vous donc par la porte de derrière ?

Une femelle fae, trapue et courte sur pattes, se planta devant lui, ses mains griffues sur les hanches. Sa peau était faite d'écorce et ses cheveux rebelles de lierre et de fleurs en bouton.

— Toutes mes excuses, Hedera, je ne voulais pas causer d'agitation.

Kian accompagna sa réponse d'un sourire ravageur qui sembla apaiser son interlocutrice, du moins jusqu'à ce qu'elle aperçoive Elise.

— Maître, qu'est-ce que c'est que *ça*, derrière vous ?

Elle grimaça, comme si Elise n'était qu'une saleté dans laquelle Kian avait marché.

— J'espérais que tu lui trouverais un usage.

— Elle est humaine, donc elle a beaucoup de viande sur elle. J'imagine que je pourrais en faire une tourte…

Cela fit rire Kian.

— Non, Hedera, je te présente mon nouvel animal de compagnie. On ne va pas la manger, clarifia-t-il avant d'adresser un sourire carnassier à Elise. Pas pour l'instant, en tout cas.

Toute la cuisine éclata de rire, et Elise se retint de leur dire d'aller se faire foutre. Elle fulminait, mais sa bravoure avait ses limites

— Dans ce cas, maître, je suppose que nous devons trouver une utilité à son espèce en général en prévision du moment où vous aurez conquis Albion.

Comment ça, conquérir Albion ? C'était forcément une plaisanterie. Albion était l'ancien nom de l'Angleterre, et jamais les humains ne laisseraient personne conquérir l'île. Elise jeta un coup d'œil furtif à Kian et regretta d'avoir tant hésité avant de le poignarder. Ses bracelets se mirent de nouveau à chauffer et le serment qu'elle avait prêté lui brûla la langue.

Le prince semblait savoir exactement ce qu'elle pensait, car son sourire se fit encore plus satisfait. *Tu ne perds rien pour attendre, espèce d'enfoiré !*

— Je suis sûr qu'elle est bonne à quelque chose, dit-il.

— Vous vous êtes montré un peu trop enthousiaste avec le château la nuit dernière et la plupart des pièces sont sens dessus dessous. Elle n'a qu'à les remettre en ordre, répondit Hedera en s'essuyant les mains sur son tablier.

— Excellent. Et tu n'auras pas à craindre qu'elle s'enfuie. Si elle sort des limites du château, je le saurai. (Ces paroles étaient plus destinées à Elise qu'à Hedera, car un éclair passa dans ses yeux rouges lorsqu'il la regarda.) Ne la laisse pas entrer dans la tour nord. Je n'ai pas envie qu'elle sente l'humain. J'ai déjà assez subi leur puanteur sur-le-champ de bataille.

Il quitta la cuisine sans un regard en arrière, laissant Elise seule avec ses serviteurs renfrognés.

Hedera l'étudia de la tête aux pieds, comme si elle cherchait à évaluer le travail physique dont elle serait capable.

— Je ne vois vraiment pas ce qu'il te trouve puisqu'il ne veut pas te manger.

C'est peut-être parce que ses sorts sont sans effet sur moi et qu'il aime avoir des gens à tourmenter. Mais Elise n'osa pas le dire à voix haute. Kian ne semblait pas comprendre pourquoi elle l'avait vu dans le train. Cela voulait peut-être dire qu'elle pouvait résister à tous les sorts que les autres faes essaieraient sur elle. Comme elle ne disait rien, Hedera poussa un grognement, puis lui colla une serpillière, un seau en bois et plusieurs torchons dans les mains.

— Par ici, esclave. Et ne t'avise pas de renverser une seule goutte d'eau si tu ne veux pas recevoir une bonne volée, dit-elle en ouvrant une autre porte.

Elise la suivit dans un labyrinthe de longs couloirs, avec des arches et de hauts plafonds en obsidienne. Elle n'osait pas s'arrêter pour admirer les peintures murales, aussi magnifiques qu'étranges. Les mêmes motifs se répétaient dans tout le château : un bois de cerf, une lame de glace et une paire d'ailes noires. Un bouquet de roses ornait le centre de chaque blason.

Malgré sa petite taille, Hedera marchait vite, et Elise avait du mal à la suivre sans rien renverser. La gouvernante poussa une double porte en bois recouverte de lierre en bronze. Chaque tige comportait des petites fleurs blanches. Lorsqu'elle passa devant elles, Elise vit qu'il s'agissait de vraies fleurs. Elle voulut en toucher une, mais Hedera lui donna une petite tape sur la main.

— Ne traîne pas ! aboya-t-elle.

Elles entrèrent dans une salle à manger. Une longue table en bois massif occupait le milieu de la pièce. Le sol était jonché de chaises renversées, de chandeliers, de couverts et d'assiettes. La pièce avait l'air d'avoir été secouée comme une boule à neige.

— Range toute la pièce, fais la poussière et lave le sol, lui ordonna Hedera.

Avec un dernier regard noir, elle s'éclipsa.

Elise observa le chaos qui l'entourait. Elle avait horreur de faire le ménage, mais ce nouveau rôle lui permettrait peut-être de rester seule et d'apprendre à se repérer à l'intérieur du château. Les bracelets en or de Kian ne l'empêcheraient pas de chercher à s'échapper dès qu'elle en aurait l'occasion. Si le prince cherchait vraiment à conquérir l'Angleterre, il serait trop occupé pour se soucier des faits et gestes d'une misérable esclave.

Enfin, j'espère.

Elise étudia les objets qui lui entravaient les poignets. Les bracelets semblaient coulés d'une seule pièce, sans la moindre fente ou charnière permettant de les ouvrir. L'or était un métal malléable, mais elle avait tout de même besoin d'outils pour le découper. Il était hors de question qu'elle attende les bras croisés que le prince se lasse d'elle et décide de la transformer en garniture de tourte.

Elle s'attaqua donc au rangement et releva les lourdes chaises en bois pour les positionner autour de la table tout en réfléchissant à un moyen de déguerpir de là.

Chapitre 7

Elise était tenaillée par une telle envie de faire pipi qu'elle en avait mal au ventre. Le soleil venait de se coucher et il lui tardait qu'arrive l'heure de sa visite vespérale aux sanitaires.

Bouge vite et ils ne te verront pas.

Après un rapide coup d'œil par la porte de la cuisine, elle fit un pas prudent en direction de l'ombre. Les guerriers faes étaient déjà revenus et buvaient dans leurs tentes. Si elle se montrait prudente, elle parviendrait peut-être à passer inaperçue. Elle crut faire cent fois dans sa culotte en chemin mais, une fois à destination, elle verrouilla la porte derrière elle pour que personne n'entre par erreur et poussa un gros soupir de soulagement.

Plusieurs semaines s'étaient écoulées depuis son enlèvement et, pendant ce laps de temps, elle avait appris beaucoup de choses. Principalement comment se cacher.

Au départ, elle avait eu la naïveté de croire que, si elle obéissait aux ordres et se montrait docile, on l'ignorerait et elle finirait par devenir invisible. Mais c'était impossible, car elle dégoûtait et intriguait à la fois les faes, qui étaient incapables d'oublier sa présence, ne serait-ce que pendant une minute.

Elise avait pris l'habitude de dormir près de la cheminée des cuisines, enveloppée dans le manteau de Kian, qui portait plus l'odeur du prince que la sienne. Plus d'une fois, elle avait été réveillée par des petits coups de manche à balai, juste pour voir si elle était bien réelle. Elle avait la politesse de ne pas faire de même avec les faes, qui étaient tous différents les uns des autres, en apparence mais aussi en odeur, surtout ceux sur lesquels poussaient des fleurs. La nourriture qu'ils préparaient était reconnaissable, mais, pour eux, la magie était une méthode de cuisine comme une autre, et elle avait du mal à se retenir de les regarder travailler malgré leurs grognements et leurs menaces.

Lorsqu'elle était éveillée, tous les faes qu'elle croisait la regardaient comme une bête curieuse et il n'était pas rare qu'un guerrier lui crache dessus. Les faes subalternes évitaient les guerriers, et ce pour une bonne raison. Ils étaient beaux et impressionnants, mais tous aussi cruels et brutaux les uns que les autres.

Elle n'avait tenté qu'une seule fois de sortir de l'enceinte du château. Elle voulait tester ses limites et voir si on l'arrêterait. Elle avait attendu le milieu de la nuit pour s'enfuir, mais n'avait réussi à faire que trois pas au-delà des portes. La brûlure des bracelets avait été si vive qu'elle avait failli hurler et réveiller tout le monde.

Elle avait aussitôt fait demi-tour, secouée de sanglots, l'estomac retourné par la douleur. Pourtant, la peau de ses poignets n'était pas brûlée. Elle n'avait pas réessayé, mais s'acharnait toujours à chercher un outil capable de la débarrasser de ces ornements de malheur.

Ses journées n'étaient qu'un tourbillon de nettoyage, d'époussetage et de rangement. Toutes ces heures passées à rendre un semblant d'ordre au château lui laissaient des mains rouges et sèches. Le soir, elle s'effondrait sur les pierres chaudes devant l'âtre et dévorait les croûtes qu'Hedera lui lançait quand elle se souvenait de la nourrir. Jamais elle n'avait subi de régime aussi sévère.

Elle connaissait désormais les meilleures cachettes du château et ne se rendait aux bains communaux et aux lieux d'aisances que lorsque tout le monde était couché. Elle faisait de son mieux pour garder ses vêtements propres, et l'expérience lui avait appris qu'on pouvait garder des sous-vêtements quatre jours d'affilée avant de devoir les laver.

Elle faisait aussi de son mieux pour écouter les conversations, soucieuse d'obtenir la moindre nouvelle du monde extérieur. Les guerriers allaient et venaient de manière irrégulière, et les rumeurs allaient bon train parmi le personnel du château.

— Londinium brûle !

— Les lignées ont été découvertes !

— Pendus sur les berges du fleuve !

— Justice !

Tout cela crié sur tous les tons de leurs voix rauques ou douces. Londinium était le nom de Londres pendant la domination romaine, ce qui voulait dire que la plupart d'entre eux venaient de cette époque reculée.

Le fait que Londres soit en flammes l'emplissait de terreur. Elle avait vu les effets de la magie malfaisante du prince sur les passagers du train. Elle espérait que Chrissy était saine et sauve et qu'elle avait pu échapper aux combats qui ravageaient la capitale.

Elle aurait aussi voulu savoir ce qu'ils entendaient par « justice », mais, vu la joie morbide dans laquelle les plongeait la mort de tant d'humains, elle n'osait pas poser la question.

Pensaient-ils vraiment que les humains ne riposteraient pas ? Qu'est-ce que leurs épées et leur camouflage végétal face à des chars et à des mitrailleuses ? Ils se feraient massacrer et des drones viendraient bombarder le château et tous ses occupants, dont elle.

Mais les faes maniaient la *magie*, un art que les hommes avaient oublié depuis longtemps et auquel ils ne croyaient plus. Mieux encore, ils avaient le prince à leur tête et tous, quelle que soit leur position sociale, lui vouaient une fidélité sans faille. Par bonheur, Elise ne le croisait jamais. Au gré de bribes de conversations, elle avait compris qu'il se déplaçait avec son armée.

Elle avait aussi entendu des rumeurs sur le frère du prince, qui avait fait descendre un nouvel âge de glace sur le nord de l'Écosse pour que les faes de l'hiver puissent s'y installer. Il y avait un troisième frère, mais il semblait être le Voldemort de la fratrie. Les faes avaient trop peur pour parler de lui et, si quelqu'un osait mentionner son nom, on le faisait aussitôt taire à voix basse, comme s'il vivait dans l'air et savait que l'on parlait de lui dans son dos.

Cependant, malgré tous ses efforts d'espionnage, Elise n'avait pas pu apprendre la chose qui lui tenait le plus à cœur : pour quelle raison tenaient-ils tant à tuer les humains ?

Elle attendait désormais que le prince revienne ou que l'humanité attaque. Chaque soir, elle se félicitait d'avoir survécu une journée de plus.

Elle était en train de se laver les mains et le visage lorsqu'une cavalcade pénétra dans le château, faisant trembler le sol sous le martèlement des sabots. Elle sortit des toilettes extérieures et se glissa dans un renfoncement de la muraille d'obsidienne pour ne pas se faire piétiner.

L'armée est de retour. C'est inquiétant.

Une sensation chaude et dorée se développa dans sa poitrine. Dans le même temps, un goût de miel et de printemps envahit sa bouche. Elle comprit que le prince était tout près. Contre sa volonté, elle se rappela le moment où il l'avait plaquée sous lui et une sensation brûlante gagna son entrejambe. Dégoûtée par cette réaction, elle cracha sur l'herbe pour tenter de se débarrasser de sa saveur, furieuse de voir que la magie qu'il exerçait sur elle n'était toujours pas passée.

Ça finira bien par arriver et, ce jour-là, je te planterai ton couteau dans le cœur.

Des cris déchirèrent la nuit et Elise sortit du renfoncement pour se glisser comme une ombre le long des pierres inégales qui formaient les racines des murailles du château.

Un humain se trouvait à genoux au centre d'un cercle de guerriers faes. Devant lui, tel un dieu doré, se tenait le prince en armure. Elise ne l'avait plus revu depuis qu'il l'avait confiée à Hedera. Curieusement, elle était soulagée de le retrouver indemne.

C'est sa magie qui te manipule, Elise. Reprends-toi, bon Dieu !

— Par pitié, ne me faites pas de mal ! supplia l'homme.

— Est-ce que la femelle fae que tu tentais de violer quand on t'a capturé t'a supplié d'épargner sa vie, humain ? rétorqua le prince d'une voix froide. Elle était allée chercher de l'eau à la rivière et ne faisait de mal à personne. Elle était innocente. Qu'est-ce qui t'a donné le droit de l'attaquer ?

— E-elle m'a ensorcelé et…

Il hurla en voyant sa main tomber par terre. Elise n'avait pas vu le prince bouger, et pourtant son épée était sortie et sa lame dégoulinait de sang. Prise d'un haut-le-cœur, elle s'agrippa au mur pour ne pas tomber.

— Je connais cette femme. Elle n'a pas la puissance nécessaire pour ensorceler qui que ce soit, sale menteur. Tu lui as tendu une embuscade et tu as posé tes sales mains humaines sur elle.

Il lui coupa l'autre main et l'humain se tortilla sur le sol, couvert de son propre sang. L'expression du prince ne montrait toujours pas la moindre compassion. D'un seul coup d'épée, il lui sectionna les jambes. Elise vomit sur ses pieds, terrassée par l'horreur.

Enfin, les cris de l'homme se turent lorsque Kian lui trancha la tête.

— Livrez le corps aux humains les plus proches et dites-leur que tous ceux qui s'en prendront à l'un d'entre nous connaîtront le même sort, ordonna-t-il aux guerriers.

Il remit son épée au fourreau, puis tourna la tête vers la cachette d'Elise. La jeune femme se baissa, terrifiée.

Comment est-ce qu'il a su que j'étais là ? Elle regarda ses paumes ensanglantées par les aspérités de la muraille. *Est-ce qu'il a senti mon sang ?*

Après quelques minutes terrifiantes, elle risqua de nouveau un œil hors de l'ombre. Le prince et les guerriers avaient disparu, et il ne restait plus qu'une vaste flaque de sang qui s'écoulait sur le sol.

Elle courut jusqu'à la porte de la cuisine, trébucha dans l'obscurité et chuta lourdement sur le flanc. Ses genoux hurlèrent de douleur, mais elle se releva aussitôt et reprit sa course.

Lorsqu'elle entra, pâle et tremblante, les cuisines étaient en ébullition. Un chef à la tête ornée de cornes de bélier l'insulta lorsqu'elle le percuta.

— Désolée, s'excusa précipitamment Elise.

— Sors d'ici, esclave ! hurla-t-il.

Elle obéit et chercha un coin où se cacher jusqu'à ce que tout le monde soit parti se coucher. Elle se frottait les bras, car l'envie de vomir lui revenait chaque fois qu'elle repensait au sort du malheureux humain. Pourquoi le plaignait-elle, d'ailleurs ? C'était un violeur, pas un pauvre innocent, mais elle éprouvait pour lui une pitié inexplicable.

— Tiens, tiens, je me disais bien que j'avais senti quelque chose par ici, dit une voix dure derrière elle.

Eh merde ! Elise se retourna lentement et se trouva face à un guerrier fae. Il tenait une corne remplie d'hydromel à la main et la regardait avec une lueur malsaine dans les yeux. Deux autres guerriers le rejoignirent en riant.

— Tu as reniflé une proie, Aiden ? demanda l'un d'entre eux.

Elise recula d'un pas, prête à fuir, mais Aiden se plaça derrière elle.

— Où te sauves-tu, humaine ?

Ne dis rien. Ne les provoque pas. Ils finiront par se lasser et par s'en aller.

— Elle est peut-être muette, dit l'un des guerriers en la tapotant du bout de l'index.

Elise repoussa sa main et sentit sa peur se muer en colère.

— Oh ! méfie-toi, Owain, elle n'aime pas ça, commenta Aiden. (Il lui tendit la main, sur laquelle était posé un petit gâteau recouvert de glaçage.) Et ça, ça te plairait ?

Une nouvelle crampe lui tordit l'estomac mais, lorsqu'elle regarda une nouvelle fois le gâteau, sa perfection se flouta pour céder la place à un morceau de pain moisi. Les guerriers éclatèrent de rire et Aiden fit un pas vers elle.

— Allez, il est délicieux, l'encouragea-t-il d'une voix doucereuse.

Elise serra les poings, ce qui eut pour effet de rouvrir les entailles sur ses paumes. La douleur lui permit de conserver sa concentration lorsque la magie repartit à l'assaut de sa cervelle.

Non ! Va-t'en ! Elle secoua la tête et voulut s'écarter, mais l'un des guerriers lui barra la route et lui saisit les mains pour les immobiliser derrière son dos. Elise se contorsionna pour essayer de lui échapper.

— Lâchez-moi !

Ce cri les fit tous rire.

— Tiens, elle parle, finalement, dit Aiden en lui tendant une nouvelle fois le pain moisi. C'est l'heure de manger, esclave.

Elise détourna la tête, mais le fae qui la tenait lui tira les bras vers le haut. Aiden pressa le pain contre ses lèvres et son goût moisi lui envahit le palais. Elise le recracha et des miettes de pain humide percutèrent le visage d'Aiden. Il s'essuya la joue, puis lui assena une gifle violente du revers de la main.

Elise s'effondra, des points lumineux devant les yeux, et le fae qui lui tenait les bras la laissa tomber sur le sol. Elle avait le nez et à la lèvre supérieure en sang, et les visages cruels et moqueurs des guerriers lui apparaissaient flous.

— Tu vas me le payer, déclara Aiden en lui écartant les jambes avant de se coucher de tout son poids sur elle.

Mon Dieu, non! Elise hurla et le bourra de coups de poing. Il la repoussa sans mal et appuya un couteau contre sa gorge. La jeune femme se figea. Sa colère disparut et sa peur revint, comme si on avait appuyé sur un bouton.

Aiden ricana et, de sa main libre, déchira son chemisier. Ses yeux verts brillaient d'un mélange de folie et de désir. Il saisit son sein gauche et serra les doigts.

— Qu'est-ce qui se passe? tonna le prince sur un ton glacial qui tranchait avec l'excitation morbide des guerriers.

— Rien, on prend juste un peu de bon temps avec cette humaine, répondit Aiden sans lever la tête, trop concentré sur Elise pour se rendre compte que ses sbires avaient reculé. Si vous voulez vous joindre à nous, vous êtes le bienvenu. On pourrait la déshabiller et la poursuivre dans tout le château, qu'est-ce que vous en dites?

Aiden leva la main pour passer à l'autre sein d'Elise, mais la jeune femme se retrouva maculée de sang, car le prince venait de trancher le poignet de son agresseur. Aiden poussa un cri et Kian, d'un coup de pied dans l'épaule, le dégagea d'Elise. Cette dernière, paralysée par la terreur, avait les oreilles qui bourdonnaient et une vision toujours aussi flou.

— Alors, c'est toujours aussi amusant ? demanda le prince de la même voix terrifiante.

— Mais ce n'est qu'une sale humaine ! protesta Aiden en prenant son moignon ensanglanté dans sa main indemne.

— Peut-être, mais c'est *ma* sale humaine. Tu n'avais peut-être pas remarqué les bracelets dorés qu'elle porte aux poignets ? Si quelqu'un doit la tourmenter, ce sera moi, déclara le prince en repoussant la main amputée d'un coup de pied vers Aiden. Tu porteras ça autour de ton cou pour que tout le monde sache ce qui arrive quand on touche à ce qui m'appartient. Bon, maintenant, disparaissez tous de ma vue.

Aiden eut la présence d'esprit de ne pas discuter. Il ramassa sa main et s'inclina devant son prince avant de s'éclipser.

— Hedera !

La voix de Kian résonna dans les couloirs, et la gouvernante se matérialisa à son côté.

— Maître.

Elle sursauta en voyant Elise à terre, couverte de sang.

— Je t'avais dit de t'occuper d'elle. Pourquoi mon esclave est-elle dans cet état ?

— Sauf votre respect, maître, vous m'avez ordonné de lui trouver une occupation.

— Il me semblait évident que tu devais faire en sorte qu'elle soit propre, nourrie et correctement vêtue.

— Ce n'est qu'une humaine.

— Je m'en moque. Même mes esclaves représentent ma maison. Ce château comporte plus de cent chambres. Installe-la quelque part, fais-lui prendre un bain et fournis-lui des vêtements propres. Je la regarde autant que mes autres serviteurs et je veux qu'elle soit aussi présentable qu'eux.

Le prince accompagna ces demandes d'un grognement qui fit tressaillir la gouvernante.

— Bien, maître.

— Par Arawan, pourquoi est-ce que je dois tout faire moi-même ?

Sur ces mots, il tourna les talons et s'éloigna à grandes enjambées. Elise attendit de le voir disparaître avant d'oser s'asseoir.

Ne vomis pas. Tu peux le faire.

Hedera n'essaya même pas de l'aider à se relever. Elle se contenta de la laisser faire en la fusillant de ses petits yeux noirs. Mais, même si elle détestait la jeune femme, Hedera n'osait pas provoquer la colère du prince.

— Suis-moi, esclave., et essaie de ne pas faire goutter de sang sur le sol.

Elise se mordit la lèvre inférieure pour ne pas répondre, récupéra les lambeaux de son chemisier et la suivit comme elle put.

Chapitre 8

Hedera mena Elise à une chambre de la tour sud et ouvrit la porte en la touchant avec la main. Aussitôt, les lanternes s'allumèrent pour révéler une pièce aussi sens dessus dessous que les autres. La gouvernante leva les bras et tapa trois fois dans ses mains. Les meubles se remirent en place et la poussière et les toiles d'araignées s'envolèrent par la fenêtre.

Tu te fous de moi ? Elise s'était tué la santé à nettoyer les pièces du château alors qu'Hedera pouvait le faire d'un tour de magie ? La jeune femme venait de trouver une nouvelle raison de détester la gouvernante.

— Je vais te chercher à manger. Lave-toi, lui ordonna Hedera en lui assenant un regard désapprobateur. Je me demande bien ce que tu as de si spécial pour mériter une telle attention.

— Absolument rien, répondit Elise avec franchise.

Elle avait simplement eu la malchance de se trouver dans le mauvais train au mauvais moment. Si elle n'avait pas insisté pour se glisser dans le wagon bondé et avait attendu le suivant, jamais elle ne se serait retrouvée dans cette situation. Hedera poussa un grognement, puis lui indiqua une porte à l'autre bout de la pièce.

Il s'agissait d'une salle de bains, avec des toilettes privatives dans une espèce de gros placard en bois. Elise ouvrit les robinets de la baignoire et constata avec surprise que de l'eau chaude en coulait. Elle se défit de ses vêtements répugnants et s'approcha du lavabo.

Elle vit alors son reflet dans le grand miroir poli. C'était à peine si elle reconnaissait son visage amaigri et maculé de sang. Sa lèvre fendue était déjà enflée, son nez dégoulinait de sang et ses longs cheveux bruns n'étaient qu'un entremêlement de mèches huileuses. Elle ouvrit les robinets et nettoya les plaies de ses paumes en poussant des petits gémissements. Elle but ensuite plusieurs gorgées d'eau pour tenter de faire passer le goût de sang et de pain moisi de sa bouche.

Elle ouvrit les portes du meuble de salle de bains et y trouva une brosse à dents à l'ancienne, aux brins grossiers, et un savon à l'odeur mentholé. Elle mouilla la brosse, la frotta sur le savon, puis se lava les dents pour la première fois depuis le début de sa captivité.

Elle passa ensuite les doigts dans sa tresse dégoûtante, en ôta la plus grande partie du sang, puis entra dans la baignoire. Retenant un sanglot, elle s'assit dans l'eau chaude et propre. C'était la première véritable sensation de chaleur qu'elle éprouvait depuis des semaines.

Sur une petite étagère sculptée à côté de la baignoire, elle trouva une collection de petites fioles et de savons. Elle en ouvrit une pour la renifler. Sapin et fumée. *Le parfum du prince.* Elle la reposa et ouvrit la suivante. C'était la même chose. Elles étaient toutes identiques. Elise ne savait pas si c'était de la magie, ou juste le choix du prince parce que ce château était à lui. Elle n'avait aucune envie de sentir comme lui, mais voulait être propre. Elle céda donc et versa le contenu de l'une des fioles sur ses cheveux sales.

Il lui fallut beaucoup de temps pour se sentir vraiment propre. L'eau resta chaude jusqu'à la fin de son bain, qui avait pourtant duré au moins une heure. Ce fut la couleur de l'eau, et non sa température, qui la poussa à sortir. Elle se sécha avec l'une des serviettes et retourna dans sa chambre pour y choisir des vêtements propres.

Hedera avait dû revenir pendant qu'elle prenait son bain, car un plateau était posé sur une petite table. L'odeur de la nourriture chaude envahit les narines d'Elise et son ventre se mit à grommeler.

Elle ouvrit une armoire sculptée qui semblait être une porte d'entrée vers Narnia. Malheureusement, comme toutes les armoires qu'elle avait fouillées dans son enfance, elle n'y trouva aucun passage vers un autre monde, mais plutôt des chemises, des pantalons et une robe de chambre bleue dont elle s'enveloppa pour ne pas prendre froid. Dans un tiroir, elle trouva des chaussettes et des sous-vêtements. Le plus étrange était que tout était à sa taille.

Elle choisit donc un pantalon et une chemise noirs et les enfila. Si elle n'avait pas vu le prince s'habiller, elle aurait eu beaucoup de mal à lacer la chemise de style médiéval.

Elle était en train de se démêler les cheveux lorsque le prince entra sans frapper. Il avait ôté son armure et sa chevelure était encore humide, preuve qu'il sortait lui aussi de son bain. En le découvrant ainsi, ce n'était pas le prince qu'elle voyait, mais Kian, et elle détestait cette sensation d'intimité. Il croisa les bras et la regarda.

— Comment te sens-tu ? lui demanda-t-il sur un ton bourru.

— Très bien.

Elise se retint de le remercier de sa sollicitude. *Il peut aller se faire foutre !*

Elle avait peut-être désormais sa propre chambre, mais elle n'en demeurait pas moins une esclave et ne pouvait se fier au premier témoignage de gentillesse qu'elle recevait.

— Tu as l'air malade.

Elise contint une envie presque irrépressible de jeter sa brosse à cheveux sur son visage parfait. Un rictus apparut sur les lèvres du prince, comme s'il devinait la violence dont elle rêvait.

— Tu n'as pas la force de t'en prendre à moi, Elise, même si le serment que tu m'as fait t'y autorisait.

Elle frissonna en l'entendant prononcer son prénom, ce qui ne fit qu'attiser sa haine. Kian s'installa dans un fauteuil en velours face à elle.

— Montre-moi tes mains, lui ordonna-t-il.

Elle posa sa broche et les lui présenta. Les bracelets dorés étincelaient à la lumière des lampes. Le prince lui retourna les mains pour inspecter les plaies aux rebords inégaux et la peau sèche et craquelée de ses paumes. Il tira un petit pot de sa poche et l'ouvrit. Le pot contenait un baume jaune pâle qu'il commença à étaler sur sa peau.

V'là autre chose.

Elle l'avait vu décapiter des gens sans montrer la moindre émotion, et il était pourtant en train de lui soigner ses blessures avec tendresse. *Il souffre d'un sacré dédoublement de la personnalité, ce type.*

— Pourquoi est-ce que tu n'as rien mangé pendant mes semaines d'absence ? demanda-t-il sans lever les yeux de ses paumes.

— Vous partez du principe qu'on m'a donné de quoi me nourrir, répondit Elise sans parvenir à contenir sa colère.

Kian poussa un grognement sourd, mais garda les yeux sur ce qu'il faisait. Il retourna les mains de la jeune femme et commença à masser ses poignets endoloris. Ses longs doigts bougeaient sur sa peau en petits cercles. Elise en avait la langue collée au palais. Elle détourna les yeux et étudia la courbure de ses bois. C'était une erreur, car cela lui donna envie de les toucher pour vérifier qu'ils étaient bien réels.

C'est juste sa magie à la noix qui te fait croire que tu aimes ça. Rappelle-toi les cris de l'homme qu'il a exécuté. Londres en flammes.

— Tu es bien silencieuse. Je m'attendais à ce que tu protestes, observa Kian.

— Je ne pensais pas être censée vous adresser la parole, maître, répondit-elle.

Son ton était docile, mais elle ne put s'empêcher de l'agrémenter d'une touche de sarcasme.

Les yeux rouges de Kian se levèrent jusqu'aux siens. Elise y découvrit une chaleur qui n'était pas due à la colère. Une pointe d'excitation lui parcourut l'épine dorsale, comme si elle venait de provoquer un ours qui cherchait maintenant à la manger.

— Non, en effet. La familiarité engendre le mépris et je suis toujours déterminé à te tuer.

Elise n'avait nul besoin que la familiarité s'installe entre eux pour le mépriser.

— Comme vous avez tué tous ces pauvres Londoniens ?

— Je n'ai tué que ceux qui l'avaient mérité.

— Que vous ont-ils fait ? Ils ont résisté quand vous avez essayé de les faire sombrer dans la folie ?

— Ce sont les descendants des traîtres, répliqua-t-il avec un sourire cruel. Si tu trahis un serment fait aux faes, tu en paies le prix, même après plusieurs siècles.

Des centaines de questions lui brûlaient la langue, mais Elise se tut, impressionnée par la colère dans sa voix. Elle avait reçu assez de coups pour la journée et ne voulait pas le provoquer plus que nécessaire.

— Quel est ton métier ? lui demanda-t-il.

— Quelle importance ?

— Je dois te trouver une occupation. Tu n'es pas faite pour le labeur manuel. Ton corps n'y est pas adapté.

— Les livres, répondit-elle à contrecœur. On m'a appris à restaurer et à préserver les livres.

— Tu sais aussi écrire ?

— Bien sûr que oui !

— Ne t'offense pas de cette question, Elise. La dernière fois que j'ai eu affaire aux humains, peu d'entre eux savaient écrire. Seuls les prêtres du roi à la couronne d'épines maîtrisaient cet art et ils étaient assez rares en Albion.

Le « roi à la couronne d'épines »... Voulait-il parler des prêtres chrétiens ? Elle ne lui posa pas la question. Elle mourait d'envie de discuter avec lui, mais voulait en même temps s'emmurer dans un silence plein de défiance.

Kian lui caressa le menton et elle leva la tête, puis retint son souffle lorsqu'il passa un peu de baume sur sa lèvre fendue. Son pouce progressait lentement sur ses lèvres, et Elise oublia sa blessure et la haine qu'elle éprouvait pour lui. Elle avait envie de sucer ce doigt. Mais, alors que la tension grandissait entre eux, Kian laissa retomber sa main.

— Va manger, lui dit-il d'une voix rauque.

Elise se leva. Elle avait besoin d'établir une certaine distance entre eux. Elle secoua la tête pour tenter de retrouver ses esprits. Que lui arrivait-il donc ? Elle souleva un couvercle argenté qui cachait un faisan rôti accompagné de légumes. Tout en prenant un couteau, elle jeta un regard de biais à Kian. Un éclair amusé traversa le visage du prince.

— Tu peux tenter une nouvelle fois ta chance, petite esclave, mais cela se terminera de la même manière. Tu te retrouveras coincée en dessous de moi.

Exaspérée par son arrogance, Elise lança le couteau vers lui. Elle n'eut pas le temps de voir où il se plantait, car une brûlure magique la fit tomber à genoux.

Kian avança jusqu'à elle et éclata de rire. Elle leva des yeux noirs de colère sur lui et se rendit compte qu'ils étaient au niveau des lacets de son pantalon en cuir.

Génial, et maintenant je me retrouve avec sa queue sous le nez !

— Tu n'aurais pas oublié ton petit serment, par hasard ?

— Allez vous faire foutre.

— Ne me donne pas d'idée, répliqua-t-il en posant la main sur sa joue. Résiste-moi autant que tu le désires, Elise. J'adore te voir à genoux devant moi, avec ta jolie petite bouche grande ouverte.

Elle la referma si violemment que cela lui secoua les dents. Le prince passa les doigts dans ses cheveux, comme fasciné par les mèches brunes tandis qu'elles retombaient une à une.

— Pourquoi tuez-vous les humains ? lui demanda-t-elle.

Le regard de Kian retrouva sa fermeté et il recula d'un pas.

— Ce sont les traîtres qui ont commencé en tuant les miens, répondit-il en se dirigeant vers la porte de la chambre. N'oublie pas de manger surtout.

La magie relâcha son emprise dès qu'il eut disparu, et Elise s'effondra sur le sol. Malgré ses tremblements, elle parvint à se hisser sur une chaise et à prendre une fourchette. Elle avait envie de balancer le plateau par la fenêtre la plus proche, mais elle avait trop faim. Tout en maudissant le prince, elle lui obéit et se mit à manger.

Chapitre 9

Le lendemain, le soleil laiteux était déjà haut dans le ciel lorsque Elise se réveilla. Hedera l'avait laissée dormir et lui avait apporté son petit déjeuner. La jeune femme se débarbouilla et constata, à travers ses yeux encore bouffis de sommeil, que la coupure sur sa lèvre était presque remise.

— Qu'est-ce qu'il y avait dans ce baume ? murmura-t-elle.

Ses mains avaient guéri tout aussi vite. Du contact de ses paumes contre le mur d'obsidienne ne subsistait plus que de minuscules cicatrices croisées. Elle l'acceptait sans se poser de questions. Le prince aurait très bien pu la laisser souffrir mais avait choisi de l'aider. Elle ne pouvait que l'en remercier, même si c'était à contrecœur.

Elle terminait sa viennoiserie et son thé lorsque Hedera se matérialisa sans prévenir devant elle.

— J'ai une nouvelle tâche pour toi, lui déclara-t-elle d'une voix sèche, les bras croisés.

Elise sortit une paire de longues bottes en cuir et une veste de l'armoire.

— Je suis prête.

Hedera lui répondit par un grognement, et Elise la suivit dans les couloirs du château. Il y régnait un silence étrange. En regardant par la fenêtre, elle vit que l'armée était partie, probablement avec le prince à sa tête. Elle eut un moment d'angoisse, mais passa outre et tenta de se repérer dans le dédale.

Elle n'était jamais venue dans cette section du château. De la vigne vierge et des feuilles poussaient sur les murs, et la douce fragrance des roses blanches en fleur emplissait l'air ambiant.

— Où sommes-nous ? demanda-t-elle en passant les doigts sur les pétales.

— Dans la tour nord. Et je préfère t'avertir : si tu tiens à ta misérable existence, ne t'aventure pas hors de la pièce où je te mène. Tu as beau être la favorite du prince, cela ne l'empêchera pas de te tuer si tu pénètres dans ses quartiers personnels.

— Compris, répondit Elise.

Elle eut aussitôt envie de fouiller dans toutes ses affaires. De mettre même sa chambre sens dessus dessous pour lui donner un goût de ce qu'il avait fait à sa vie.

Mais ces pensées rebelles s'envolèrent lorsque Hedera ouvrit une porte vert et noir aux doubles battants sculptés. D'un claquement de doigts, elle alluma les lanternes et les deux lustres massifs pendus au plafond caverneux se mirent à scintiller, comme si les oiseaux et les créatures des bois qui ornaient le cristal prenaient vie.

Elise porta la main à sa bouche et laissa échapper un rire émerveillé. Elle se trouvait dans une bibliothèque, aussi mal rangée que le reste du château, mais magnifique.

Les étagères étaient sculptées en forme d'arbres dont les branches fourmillaient de mammifères et d'oiseaux inconnus. Les livres gisaient en tas là où ils étaient tombés, mais les meubles, pour la plupart, étaient à la verticale.

— Le prince veut que tu ranges cette pièce et que tu remettes les livres en ordre, lui expliqua Hedera avant de s'évaporer et de la laisser seule.

Elise se promena entre les rayons de la bibliothèque. Elle avait l'impression de jouer dans *La Belle et la Bête*. L'endroit n'était pas à elle et elle n'avait aucune intention de se mettre à chanter, mais ce fut avec une réelle sensation d'excitation qu'elle se baissa pour ramasser un codex à la reliure de cuir vert. Elle l'ouvrit et resta bouche bée devant les illustrations de paysages étranges et inconnus. *Faërie.*

Elle posa le volume sur la table et en ramassa un autre. À sa grande surprise, elle constata qu'il était écrit en koinè, la langue commune de la Grèce à l'époque antique. C'était une copie des *Préceptes de Chiron*, d'Hésiode. Malgré son grec rouillé, elle saisissait l'importance du livre qu'elle tenait entre les mains. Ce poème décrivait les leçons que le sage centaure avait prodiguées à des héros tels qu'Achille ou Jason. Il n'en subsistait plus que quelques fragments, mais la bibliothèque du prince fae en abritait un exemplaire complet.

— Respire, ma fille, ne te laisse pas impressionner, murmura-t-elle en serrant le volume contre sa poitrine.

Elle le posa à l'autre bout de la table et en attrapa un autre, écrit cette fois en une langue qu'elle n'avait jamais vue. En fae, probablement. Elle le posa donc sur le livre d'illustrations.

Elise se perdit dans les trésors qu'elle ramassait. Ses piles grandissaient à mesure qu'elle les triait par langues. Une fois le premier tas rangé, elle passa au suivant, dans lequel elle trouva d'autres ouvrages grecs et latins qu'elle reconnut.

Elle en oublia qu'elle était une esclave. Que le monde était en train de brûler. Son esprit était fasciné par les trésors qu'elle découvrait.

Elle était si concentrée sur sa tâche qu'elle ne remarqua même pas l'étrange vibration émise par certains volumes. Elle en ramassa un dont la reliure était fermée par un verrou en fer à la forme étrange et l'ouvrit.

Des ombres explosèrent aussitôt hors des pages, et Elise lâcha le livre avec un cri de surprise. Les nuages prirent la forme de tentacules, qui la saisirent aux chevilles pour la faire tomber. Elle hurla et tenta de résister à la prise de cette force éthérée. Elle s'agrippa à un pied de la table pour ne pas se laisser entraîner. De nouveaux tentacules rampèrent le long de son corps et lui enserrèrent la taille. Ses doigts commencèrent à glisser. Ses ongles crissèrent sur le bois, puis elle lâcha prise.

Les tentacules la balancèrent d'un côté à l'autre de la pièce dans un fracas de livres. Les ombres la traînaient vers les pages noires et frémissantes du volume. Une lumière dorée éclata au-dessus d'elle et un cri sortit du livre cannibale. Les tentacules partirent en fumée et la reliure se referma avec un craquement retentissant. Kian posa le pied dessus et se pencha pour refermer le verrou.

— Mais, par Arawan, à quoi tu joues ? demanda-t-il en jetant le livre infernal sur la table.

— Ben, je fais le ménage, grogna Elise en se massant les côtes. C'était quoi, ce truc ?

— Un livre que tu n'aurais jamais dû toucher. Tu aurais dû te douter qu'il ne faut pas ouvrir un livre de magie quand on n'en a pas l'expérience.

Elise se releva, les jambes tremblantes, et épousseta son pantalon.

— Ben, comment je pouvais savoir qu'il était magique, ce bouquin ?

Kian poussa un grognement agacé.

— Qu'est-ce que vous faites là, au fait ? lui demanda-t-elle avant de se rendre compte à quel point cette question pouvait paraître impertinente.

— Je fais ce que je veux dans *mon* château, esclave, la rabroua-t-il.

Kian croisa les bras, ce qui élargit le V de sa chemise et ne fit que souligner à quel point ses épaules étaient larges. *Pourquoi est-ce qu'il faut qu'il soit aussi beau ?*

— Par chance pour toi, j'avais besoin d'un livre. Sans cela, tu aurais connu un sort pire que la mort.

— C'est sûr qu'être l'esclave d'un prince fae c'est le pied, maugréa-t-elle.

— Il y a pire qu'être mon esclave. Aurais-tu déjà oublié ce qu'Aiden voulait te faire ?

Elise se mordit la langue, déterminée à ne plus le provoquer. Ranger la bibliothèque était bien plus agréable que nettoyer le reste du château, malgré la présence de livres conscients et dangereux.

— Est-ce qu'il y a un moyen de savoir quels livres je ne dois pas ouvrir ? s'enquit-elle aussi poliment que possible.

— Et si tu n'en ouvrais aucun ?

Elise posa les mains sur ses hanches.

— Comment je suis censée organiser la collection, alors ? Par couleur ?

Kian plissa les yeux et elle leva le menton. *Cet enfoiré est vraiment imbuvable !*

— Je peux lancer un sort qui te permettra de faire la différence entre les livres normaux et les livres magiques. Tu seras aussi en mesure de lire tous les volumes, même ceux écrits dans une langue que tu ne connais pas, marmonna-t-il entre ses dents.

— Faites-le, alors.

Kian s'agita, mal à l'aise.

— Ce n'est pas si simple. Un idiome vient de la langue. Pour réussir ce sort, il faudrait que je t'embrasse.

Elise sentit son ventre se nouer et maudit cette réaction de midinette.

— Non, merci. J'aime encore mieux être mangé par un bouquin psychopathe.

— De même pour moi. Tu crois que j'ai envie d'embrasser une humaine répugnante ? grogna-t-il à quelques centimètres de son visage.

— À peu près autant que j'ai envie d'embrasser un sale fae arrogant.

— Je suis sûr que tu en rêves, mais pas question que je te laisse me toucher de manière aussi intime.

— Pourquoi ? Vous avez honte ? Votre sexe a des cornes ou un truc comme ça ?

— Tu ne le sauras jamais. (Kian inspecta la chemise de la jeune femme et leva les yeux au ciel.) Bon sang ! tu n'es même pas capable de t'habiller correctement. Qu'est-ce que j'ai fait pour mériter une esclave aussi inepte ?

Elise regarda le laçage de sa chemise, puis haussa les épaules.

— Ben quoi… elle est fermée.

Kian tira sur un lacet pour défaire le nœud. Elise lui décocha une tape sur la main, mais il poussa un sifflement si bestial qu'elle se figea.

Il détacha les lacets jusqu'à ce que la chemise bâille et découvre le bandeau rouge qui faisait office de soutien-gorge chez les faes. Le prince regarda sa peau nue, et Elise sentit la chaleur monter de sa poitrine à ses joues. Marmonnant dans sa barbe, Kian referma la chemise et refit le nœud dans le sens inverse.

— Alors, heureux ? ne put-elle s'empêcher de lui demander, humiliée par le fait qu'un homme adulte ait décidé de l'habiller comme si elle n'était qu'une enfant.

— Pas le moins du monde. Il faut te trouver une occupation et j'ai besoin que quelqu'un remette cette bibliothèque en ordre, donc, même si je n'en ai aucune envie, tu vas avoir besoin d'une aide magique, dit-il en se collant contre elle.

Elise recula et se cogna contre la table, mais Kian l'attrapa par les bras pour l'immobiliser.

— Ne bouge pas. Ça ne prendra qu'une seconde.

Il inclina la tête et posa les lèvres sur les siennes. Elise sentit sa magie courir sur sa langue. Elle avait un goût de printemps et de miel, de sang et de fumée. La chaleur et le désir qui montaient le long de sa colonne vertébrale lui donnaient envie de pousser un petit grognement, qu'elle contint à grand-peine. Sa bouche la picotait et elle se frottait à lui, tiraillée par le désir.

Kian glissa les mains jusqu'à ses hanches et la souleva sur la table. Elise enroula les jambes autour de sa taille pour se coller à lui et passa les mains sur son torse et dans ses cheveux.

Le prince saisit sa tresse pour lui tirer la tête en arrière et prendre le contrôle de leur baiser, qui s'intensifia jusqu'à ce que le corps et les lèvres d'Elise palpitent de désir. Il passa la langue sur celle de la jeune femme, qui se retrouva une nouvelle fois époustouflée par le goût de sa magie. Elle referma les dents sur la lèvre du fae, lequel poussa un grondement qui résonna dans sa poitrine.

— Humaine infernale, tu me dégoûtes, haleta-t-il contre la bouche d'Elise.

Comme elle avait les mains enfouies dans ses cheveux blancs, elle les tira et le prince poussa un sifflement de douleur.

— Tant mieux, parce que je te déteste, sale fae arrogant, répliqua-t-elle en remuant les lèvres contre les siennes.

Un éclair de colère et de désir mêlés brilla dans les yeux de Kian.

— J'ai hâte de te tuer.

— Vas-y, alors. Comme ça, tu pourras ranger toi-même ta putain de bibliothèque !

Il reporta les lèvres sur celles d'Elise.

— Ne souhaite pas la mort. Elle viendra te faucher bien assez tôt. Bon, et maintenant, retourne au travail, esclave.

— Lâchez-moi et j'obéirai, maître.

Kian relâcha sa prise et elle décrispa les doigts de ses cheveux soyeux. Lorsqu'elle parvint enfin à détacher les yeux des joues rougies du prince, elle vit que plusieurs volumes chatoyaient.

— Waouh ! murmura-t-elle en sautant de la table pour se diriger vers le livre le plus proche, enfoui sous une pile.

— Ceux qui brillent sont magiques, lui expliqua Kian dans son dos. D'autres sont nimbés d'obscurité. Ceux-là, tu ne dois les ouvrir sous aucun prétexte.

— Ah ! Euh…, balbutia Elise.

Elle souleva un volume et passa les mains sur sa couverture rouge. Lorsqu'elle l'ouvrit, les mots se muèrent en anglais. Elle éclata de rire, en prit un autre sur sa pile grecque, et constata le même phénomène.

— Pourquoi avez-vous des livres en latin et en grec ?

Mais, lorsqu'elle se retourna, Kian avait disparu.

Chapitre 10

Humaine infernale.

Kian aurait pu transmettre la magie à Elise sans l'embrasser, et même sans la toucher. Mais il avait eu *envie* d'embrasser ces lèvres furieuses qui l'obnubilaient depuis des semaines. Quand l'occasion s'était présentée, le mensonge était venu de lui-même, poussé par son besoin de savoir quel goût elle avait.

Plusieurs semaines plus tôt, c'était à cause d'elle qu'il avait fui son château, alors qu'il avait une guerre à mener et que la position de ce dernier était idéale pour pouvoir harceler Londinium. Il avait soigneusement mis un plan au point, plan qu'il avait dû modifier parce que la présence d'une esclave humaine le rendait nerveux.

J'aurais dû laisser Fionn la tuer.

Le mieux serait de la tuer lui-même, sur-le-champ, mais cette pensée lui donnait la nausée, ce qui était incompréhensible. Il n'avait jamais aucun mal à tuer, lui, le prince assoiffé de sang. Le guerrier choisi par Arawan, le dieu de la mort. Celui qui prenait vie pendant les batailles. Mais, après la malédiction, il ne s'était plus jamais senti vivant, même pendant les combats.

Pourtant, dès que ses lèvres avaient touché celles d'Elise, il s'était senti vivre comme jamais. Ses lèvres étaient en feu et sa bouche le mettait à la torture. Une torture furieuse, vorace, délicieuse.

« Je te déteste. » Les paroles d'Elise l'avaient secoué. Pourtant, il avait senti le corps de l'humaine réagir à leur étreinte. Le corps de la jeune femme ne le détestait pas. Au contraire, il le *désirait.* Elise ne semblait détenir aucun pouvoir magique, et pourtant elle ressentait le phénomène maudit qui les reliait. Il comparait cela à une faim insatiable pour un poison qu'il savait mortel.

Bref, c'était de la folie.

Kian avait fui la bibliothèque avant de lui arracher ses vêtements, de la baiser à même le sol jonché de livres et de boire son sang jusqu'à la dernière goutte. Ce ne fut qu'une fois dans le couloir, marchant en direction de sa chambre, qu'il aperçut le rouge sur les pétales des roses.

— Impossible, murmura-t-il en cueillant l'une des fleurs.

Les roses du château étaient blanches depuis mille cinq cents ans. Ce changement était-il dû au retour à Albion ? Décidément, il se passait beaucoup trop de choses étranges. Il avait besoin de parler à quelqu'un qui le mettrait assez en colère pour qu'il retrouve ses esprits.

Il se rendit droit à son cabinet de travail, plaça la rose dans un gobelet rempli d'eau et avança jusqu'au miroir de divination. Il était aussi grand que lui, et son cadre argenté était orné de nœuds sculptés, chacun emprisonnant un sort.

Il s'entailla l'index sur sa canine et dessina une ligne de runes oghamiques sur le verre. Les signes scintillèrent un instant, puis disparurent tandis que la magie qu'ils contenaient appelait ses homologues. Quelques secondes plus tard, un fae apparut dans le reflet. Il était plus mince que Kian, avec de longs cheveux noir bleuté. Ses oreilles pointues étaient ornées de piercings, ses bras et son torse nus recouverts de tatouages bleu foncé.

— Bonjour, mon frère.

— Kian, je peux savoir pourquoi tu me réveilles ?

— Ravi de te voir moi aussi, Bayn. Comment se passe l'invasion du Nord ? lui demanda Kian en croisant les bras.

Bayn se passa la main sur le visage.

— Très bien, grand frère. Le territoire est recouvert de glace, comme promis. Les humains ont commencé à migrer vers le sud. Ils ne comprennent rien à ce qui se passe. Nous en avons aperçu quelques-uns, mais ils se sont enfuis à la vue de mon château de glace. (Bayn, désormais tout à fait réveillé, fixa son regard saphir singulièrement acéré sur Kian.) Par les mamelles de Beira, qu'est-ce qui t'es arrivé !?

— Je ne vois pas de quoi tu parles.

— Tu as l'air différent. Quelque chose a changé. Qu'est-ce que c'est ?

Kian aurait dû savoir que parler à son frère était une mauvaise idée. Il ne pouvait jamais rien lui cacher. Il souleva donc la rose pour la lui montrer.

— C'est arrivé aujourd'hui.

Bayn fronça les sourcils. Il avait déjà saisi la signification de ce qu'il voyait.

— Le changement d'environnement ?

— J'y ai pensé, mais cela fait des semaines que je suis là et ça vient juste de commencer.

— Quelles autres variables ont évolué ?

— Comment ça ?

— Est-ce que d'autres choses ont changé à l'intérieur du château, pauvre cloche !? des éléments ôtés ou ajoutés ? Outre le fait que ta magie a fait pousser le château sur le sol d'Albion, qu'est-ce qui est différent ?

Kian repensa à la nuit où il avait mis cette magie en œuvre. Elle avait été d'une puissance inconcevable car… il avait bu le sang d'Elise.

— Je me suis nourri d'une humaine juste avant de le faire sortir de terre, finit-il par avouer. J'ai perdu le contrôle de la magie et le château était très désordonné.

— Cette humaine, c'était une sorcière ?

— Non, elle n'a aucune magie.

— Je suppose qu'elle est désormais trop morte pour qu'on le vérifie. (Kian hésita un instant avant de tenter de camoufler son émotion, mais il était déjà trop tard.)

Quoi ? L'humaine n'est pas morte ? Pourquoi ? Mais qu'est-ce que tu as foutu, putain !?

— C'est mon esclave.

La grimace de colère de Bayn céda la place à l'effarement.

— Tu as une esclave humaine ? *Toi ?* Le fae qui déteste les humains plus que tout ce qui existe dans les différents mondes ?

— Elle a bon goût, se justifia Kian avant de regretter aussitôt ses paroles.

— Oh ! mon frère, je n'en doute pas une seule seconde, répliqua Bayn avec un rire gras.

— Pas dans ce sens-là, crétin. Son sang donne plus de puissance à ma magie et j'ai besoin de tous les avantages possibles. C'est une décision tactique. Et mes illusions n'ont aucune prise sur elle. Je ne pouvais pas la laisser aux humains, ils auraient pu se servir d'elle contre moi.

— Tu devrais la tuer.

— Je sais.

— Mais tu ne le feras pas, enchaîna Bayn avec un sourire qui allait s'élargissant. C'est elle, ta variable, Kian. La raison pour laquelle les roses se transforment.

Kian s'effondra dans son fauteuil.

— Est-ce que tu as déjà réfléchi à la faille d'Aisling ?

Aisling et Aoife, les sorcières jumelles qui avaient à la fois sauvé et détruit la vie des frères et de tous les faes.

Bayn réagit comme l'avait prévu Kian. Ses yeux saphir se glacèrent et du givre apparut sur sa peau tatouée.

— Non. Toi, notre frère et moi avons conclu que ce ne serait jamais une solution viable. Inutile de gaspiller notre énergie, notre magie ou nos efforts à chercher à la mettre en œuvre. (Il fronça les sourcils.) Tu crois que cette humaine est ta faille ?

— Je n'en sais rien. J'en doute. J'ai toujours pensé qu'Aisling avait dit cela pour que nous ne perdions pas espoir, parce que nous étions coincés à Faërie. Mais je me pose des questions à propos des roses. Et, comme tu l'as dit, Elise est la seule chose à avoir changé. (Kian passa les doigts sur les pétales.) Qu'est-ce que tu ferais à ma place ?

— Je la torturerais jusqu'à ce qu'elle crache tous ses secrets, pour découvrir pourquoi ma magie réagit tant face à elle.

Kian replaça la rose dans l'eau et regarda ce qui restait des pointes rouges de ses cheveux.

— Je ne pense pas en être capable. Je… l'aime bien.

Bayn éclata de rire et Kian leva la tête, surpris. Son frère ne riait presque jamais.

— Kian, tu détestes le monde entier et ça fait si longtemps que tu n'as pas eu envie de baiser quelqu'un que je m'étonne que ta queue ne soit pas encore tombée.

— Va te faire foutre. Ce n'est pas parce que je l'apprécie et que je n'arrive pas à la tuer que j'ai envie de la baiser.

— Bien sûr que si. Qui sait, ça te ferait peut-être même du bien. Tu pourras toujours la tuer après. Tu as toujours préféré tuer que baiser, de toute façon.

— Et si je n'y arrive pas ?

— Confie-la-moi. Je lui tirerai les vers du nez.

Kian poussa un grognement si primal que le miroir trembla et que le rire de Bayn se figea sur ses lèvres.

— Attends, tu n'es pas sérieux quand même ?

— Je... je suis désolé. Je ne sais pas ce qui m'a pris.

Grands dieux, mais que m'arrive-t-il !?

— Occupe-toi de cette humaine, Kian. On a surmonté trop d'obstacles pour que tu gâches tout avec ton sentimentalisme à la con.

— Au fait, tu as parlé à Killian ?

Killian, leur aîné, le plus turbulent de la fratrie, ne l'avait pas contacté depuis longtemps et cela mettait le prince en rogne.

— Pas depuis notre arrivée. Il devait nous suivre, mais il est resté à Faërie. Il s'est peut-être perdu en route ? De toute façon, il n'est pas encore censé entrer en scène. Je parie qu'il est en train d'arpenter son château nocturne en boudant comme un ado.

— Très juste. Les lignées des traîtres ont été détruites et mes guerriers commencent à récolter notre dû, rapporta Kian pour détourner l'attention de son frère d'Elise et de son numéro de grand fauve jaloux de ses prérogatives.

— Pourquoi tu n'es pas avec eux ? Tu crois vraiment que tu peux laisser une telle responsabilité à un type comme Fionn ? Tu sais qu'il n'attend que ta mort pour prendre ta place.

— Je ne peux pas y aller. Il reste moins d'une semaine avant la pleine lune. C'est ici que je dois être, pas aux côtés de ces petits jeunes.

— Ah ! oui, j'oubliais ton petit souci menstruel, ironisa Bayn. Tu ferais peut-être mieux de laisser ton côté bestial gérer le problème de l'humaine, parce qu'il me paraît clair que ta bite est enfin sortie de son sommeil éternel et qu'elle t'empêche de penser clairement.

— Je t'emmerde. Bon, il faut que j'y aille. Préviens-moi si tu as des nouvelles de Kill.

— Ouais, ouais, marmonna Bayn dans un bâillement. Occupe-toi de l'humaine, Kian, sinon, c'est moi qui m'en chargerai.

L'image de son frère s'effaça du miroir et Kian resta dans son fauteuil pendant de longues minutes. Les siècles avaient effacé de sa mémoire les détails de ce qu'Aisling avait dit et, même s'il essayait de les retrouver, il ne savait pas si cela améliorerait ou empirerait les choses.

Les sorcières jumelles. Deux humaines qui avaient été des amies des faes avant qu'Aoife s'allie à Vortigern et à leurs autres ennemis. Aisling, elle, n'avait pas compris comment sa sœur avait pu agir de la sorte pour accéder au pouvoir et leur était restée fidèle. Aoife avait utilisé sa magie pour maudire les faes et les bannir dans les Outremondes.

Aisling, aussi puissante que sa jumelle, avait incrusté dans la malédiction un moyen possible de les sauver tous. Une histoire de sang des rois qui était la clé... Kian regarda la délicate fiole en cristal posée tout en haut de l'étagère.

Elle contenait depuis mille ans le sang d'Aisling. C'était un don qu'elle lui avait fait sur son lit de mort. Il lui permettait d'invoquer l'ombre de la sorcière par le biais du miroir magique pour lui parler.

Kian ne s'en était jamais servi. Pas une seule fois. Aisling avait bien mérité le repos éternel. Jamais il n'avait ressenti le besoin de l'en priver.

— La pleine lune est trop proche pour que tu aies toute ta tête, dit-il à son reflet.

Comme sa propre image le décontenançait, il se leva et se rendit aux écuries.

S'activer auprès des chevaux l'avait toujours apaisé. Il devait s'occuper les mains pour ne pas être tenté de les serrer autour du joli cou d'Elise.

Chapitre 11

Elise ne quitta pas la bibliothèque avant la nuit. En partant, elle emporta quelques volumes pour les lire dans sa chambre. Personne ne lui avait dit qu'elle ne pouvait pas en emprunter, et le prince n'était pas là pour l'en empêcher. Elle s'était jetée à corps perdu dans son travail dans l'espoir de ne pas penser au baiser ravageur qui lui brûlait encore les lèvres.

Ça fait deux ans qu'on ne t'a pas embrassée, voilà pourquoi tu as trouvé ça si bon. N'oublie pas que tu le détestes, même si ton corps dit le contraire.

Elise suivit la vigne vierge et les roses pour retrouver le chemin de sa chambre, s'arrêtant régulièrement pour les renifler. Ce matin même, les fleurs avaient été blanches, mais le bout de leurs pétales était désormais rouge, comme si des doigts ensanglantés les avaient frôlés. Cette pensée la fit frissonner et elle hâta le pas ; une fois arrivée dans sa chambre, elle prit soin de bien fermer la porte derrière elle.

Elle était assise en boule dans un fauteuil près de la fenêtre, Hésiode dans une main et une tasse de thé dans l'autre, lorsqu'elle tourna la tête et vit des lumières sur les murs du château. Il ne s'agissait pas des flammes des faes, mais de la lumière crue de torches électriques. Des silhouettes descendaient en rappel le long des murs et elle reconnut la forme distinctive de casques et de fusils à la lueur de la lune.

Des soldats, se dit-elle, pleine d'espoir. Elle serait sauvée si elle arrivait jusqu'à eux.

Elle saisit une veste, enfila ses bottes, puis prit un couteau sur le plateau et le cacha dans sa poche.

Les couloirs étaient déserts. Le personnel était couché pour la nuit et les guerriers n'étaient pas encore revenus. La cuisine était sombre, mais les dernières braises de l'âtre illuminaient suffisamment la vaste pièce pour lui permettre de voir où elle allait. Elise s'accroupit pour se cacher derrière des bancs ou des recoins qu'elle avait découverts au fil des semaines.

Le sol glacé de la cour craquait sous ses pas et le vent hivernal lui mordait le visage. Elise passa de cachette en cachette pour progresser jusqu'aux écuries, où elle avait aperçu les soldats en tenue tactique.

— Halte ! lui ordonna une voix grave.

Elise se figea et leva les mains.

— Ne tirez pas ! Je suis humaine.

Une torche lui illumina le visage.

— Comment vous appelez-vous ? demanda le soldat après l'avoir étudiée de la tête aux pieds.

— Elise Carlisle. Je suis leur esclave depuis le jour où ils m'ont enlevée, il y a un mois… en fait, je ne sais pas vraiment depuis combien de temps, balbutia-t-elle alors que la torche s'abaissait.

— L'invasion a commencé il y a six semaines, lui expliqua le soldat, dont le visage était masqué par une cagoule.

— On le tient ! cria une autre voix à côté de l'écurie.

— Elise, accroupissez-vous et restez à l'écart. On s'occupera de vous dès que ce salopard à tête de cerf sera mort.

Sur ces mots, le soldat disparut, l'arme levée.

Elise savait qu'elle devait rester là, mais la tentation était trop forte. Elle le suivit comme si ses pieds étaient mus par une volonté propre. Un spot s'alluma et elle se cacha. La lumière était dirigée vers le prince. Il n'avait ni armure ni arme. Il se tenait devant la porte de l'écurie, une brosse à la main.

Le cœur d'Elise battait si fort qu'elle n'entendait pas ce que lui disaient les soldats. Elle sortit de sa cachette et le prince tourna la tête vers elle.

Elle crut y voir de la peur, mais cette impression s'effaça presque aussitôt. Elle ne savait pas si cela était dû à sa magie en elle, mais elle tremblait de peur à l'idée qu'ils le tuent.

C'est ce que tu voulais. Il va mourir et tu seras libre. Mais elle ne voulait que l'une de ces deux choses. Le regarder se faire mitrailler dans la boue gelée était une perspective insupportable. Des petits points rouges apparurent sur le corps du prince. Il les toucha, curieux. La terreur d'Elise se mua en panique. Il ne comprenait pas de quoi il s'agissait. Sans même prendre le temps de réfléchir, elle fonça vers lui.

— Baissez-vous ! hurla-t-elle en se jetant sur lui pour le faire tomber.

Son élan les entraîna par-dessus l'auge en pierre et ils atterrirent sur la paille d'un box vide. Une douleur brûlante traversa le biceps d'Elise, qui tomba lourdement sur Kian. Elle passa les bras autour de sa tête en prenant soin de ne pas se prendre l'un de ses bois dans l'œil.

— Restez à terre ! lui cria-t-elle alors qu'il la regardait, les yeux écarquillés. Quoi ? Vous ne savez pas ce que sont les armes à feu ? Mais vous êtes con ou quoi ? (Les mitraillettes se turent enfin.) Et vous, là, arrêtez de me tirer dessus ! Je suis humaine.

— Elle protège cette créature ! Elle est avec eux.

— Abattez-la aussi !

Kian posa les mains sur son biceps sanguinolent.

— Tu es blessée, Elise.

— C'est ce qui arrive quand on se fait tirer dessus, grogna-t-elle entre ses dents.

— Tu m'as sauvé la vie. Pourquoi ?

— Parce que, si quelqu'un doit vous tuer, Kian, ce sera moi.

Le prince lui adressa un sourire dévastateur, comme si elle venait de lui avouer son amour, qu'il avait gagné au loto et qu'il était invité à une partie à trois avec Harry Styles, le tout en même temps. Il était aux anges et pour Elise, qui venait d'admettre qu'elle rêvait de l'assassiner, c'était très dérangeant.

— Je peux les vaincre mais, pour ça, j'ai besoin que tu me donnes quelque chose, murmura-t-il.

— Quoi ?

Kian tourna les yeux vers le sang qui suintait entre ses doigts.

— Je n'ai pas mangé, ce qui fait que mon pouvoir est plus faible que la malédiction qui me tue à petit feu. Ils vont nous tuer, toi et moi, si je ne bois pas ton sang, Elise. Une fois que je me serai débarrassé d'eux, je pourrai te soigner.

Maintenant que les soldats voulaient l'éliminer elle aussi, Elise n'avait que des options pourries devant elle.

— D'accord, mais faites vite, parce qu'ils ne vont pas tarder à tirer et il est hors de question que je meure pour vous.

Le sourire de Kian se fit diabolique et il se retourna pour se retrouver au-dessus d'elle. Il ôta la main de la blessure de la jeune femme et lui arracha les manches de sa veste et de sa chemise pour exposer la plaie. Puis il cessa de sourire et posa les lèvres dessus.

Le temps se figea et les yeux du fae se mirent à brûler d'un éclat doré. Il plongea les canines dans la peau d'Elise, qui perdit toute sensation dans le bras. Elle poussa un soupir de soulagement et un désir aussi étrange qu'effrayant la gagna alors qu'elle regardait les belles lèvres du prince sur sa peau. Elle écarta les cheveux qui tombaient sur le visage de Kian et passa les doigts sur ses pommettes et sur son menton comme s'il était son amant et non son maître.

La magique de Kian la submergea une nouvelle fois, puis s'enroula autour de lui en un halo doré. Il releva la tête et lécha une dernière fois la blessure.

— Ne bouge pas, dit-il en déposant un baiser brûlant et plein de magie sur les lèvres de la jeune femme.

Il disparut en un clin d'œil, et Elise sentit aussitôt l'air froid ambiant la paralyser. Des coups de feu et des hurlements éclatèrent. Elle s'agrippa au rebord de l'auge et essaya de se redresser.

Un silence horrible envahit la nuit et elle osa jeter un œil par-dessus le rebord. La cour de l'écurie était jonchée de membres arrachés et de têtes coupées.

Kian lui adressa un sourire ensanglanté et il lâcha le dernier cadavre. Elise, horrifiée, regardait le carnage, qui n'avait duré que quelques secondes.

— Qu'est-ce que j'ai fait ? murmura-t-elle en retombant sur la paille, vidée de ses forces.

Lorsque Kian la souleva pour la serrer contre lui et la ramener au château, elle n'avait plus aucune énergie pour lui résister. Elle laissa sa tête retomber contre son cou, la bouche sur sa clavicule nue. Elle la retira aussitôt et se crispa de douleur.

— Ne bouge pas, lui ordonna Kian.

Une porte en bois s'ouvrit devant lui, et il la posa sur une chaise longue recouverte de velours avant de lui ôter sa veste pour exposer ses vêtements trempés de sang. Pour la deuxième fois de la journée, il délaça la chemise de son esclave et la jeta par terre. La peau d'Elise était rouge de sang et les yeux du prince s'attardaient sur ce spectacle, comme s'il voulait la nettoyer à coups de langue. Mais Elise avait encore assez de sang dans les veines pour rougir et elle claqua les doigts de sa main valide pour le rappeler à la réalité.

— Concentrez-vous ! Vous avez dit que vous pouviez me soigner.

— Peut-être que je t'ai amenée ici pour profiter de ta lente agonie, répondit-il en sortant des bandages d'un placard.

— Pour une fois, vous voulez bien ne pas jouer les andouilles ? Je vous ai sauvé la vie, je vous rappelle.

Comme la tête lui tournait, elle la posa sur le dossier de sa chaise longue.

— C'est à voir. Je suis sûr que j'aurais pu guérir de toutes les blessures que les humains m'auraient infligées.

Il revint à son côté avec une cuvette pleine d'eau chaude. Puis il posa devant lui des chiffons, des bandages et divers ustensiles qu'Elise n'avait aucune envie de regarder de trop près.

— Ne me faites pas regretter encore plus mon acte, dit-elle, les larmes aux yeux.

Ces soldats avaient cru qu'elle s'était alliée aux faes. *Quel cauchemar !* Elle venait de gâcher sa seule chance de recouvrer la liberté. Elle avait fait beaucoup d'âneries dans sa vie, mais, là, c'était le pompon. Pourtant, elle ne parvenait pas à regretter d'avoir sauvé la vie de Kian.

— Entre nous, vous feriez mieux de me laisser mourir.

— Tu n'auras le droit de mourir que quand je déciderai de te tuer.

— Sauf votre respect, vous êtes vraiment un trou du cul, Kian.

— Tu prononces mon nom comme s'il s'agissait d'une malédiction, répondit-il tout en commençant à nettoyer le sang à l'aide d'un chiffon trempé dans l'eau chaude. Ça me plaît.

— C'est parce que vous en êtes une, murmura Elise alors que la chaleur et la perte de sang la faisaient sombrer dans l'inconscience. Vous êtes ma malédiction.

Elle était presque endormie lorsque les lèvres de Kian lui frôlèrent les doigts.

— Je sais.

Chapitre 12

Elise passa les deux jours suivant avec le bras en bandoulière. Le prince lui avait laissé son baume, dont elle devait enduire sa plaie chaque fois qu'elle changeait son bandage. Il fallait vraiment qu'elle cesse de l'appeler Kian lorsqu'elle pensait à lui. C'était terrible pour son cerveau. Cette familiarité l'empêchait de cultiver le mépris qu'elle aurait voulu éprouver à son encontre. D'autant plus parce qu'elle avait fait plusieurs rêves érotiques au cours desquels le corps en sueur du fae se pressait contre le sien. Elle rejetait la faute sur la douleur qui faisait palpiter sa blessure et sur son manque tragique de jugeote.

Les humains n'avaient pénétré dans le château que pour une seule raison, et ce n'était pas pour serrer la main du prince et le remercier pour ses bontés. Le fae était leur ennemi et Elise acceptait mal qu'il ait cessé d'être le sien.

Elle passait le plus clair de son temps dans la bibliothèque, à ordonner la collection. Elle mettait de côté les livres qui nécessitaient des réparations et faisait de son mieux pour ne pas se perdre dans leurs pages. Elle avait enfin décroché l'emploi dont elle rêvait depuis toujours. Pourquoi fallait-il que ce soit grâce à ce crétin de maître fae ?

Et en parlant du loup… Elise ne l'avait pas revu depuis le soir de l'attaque. Une partie de l'armée était revenue et des patrouilles arpentaient les alentours pour prévenir toute autre attaque surprise.

T'as vraiment gâchée ta chance, pauvre cloche ! Sa blessure la lança, comme pour exprimer son accord. Elle n'y connaissait pas grand-chose, mais il lui semblait qu'une blessure par balle aurait dû mettre plus longtemps à guérir. La croûte avait disparu en deux jours. Sa peau était nette et elle ne ressentait plus qu'une grosse fatigue musculaire. Elle regrettait de ne pas avoir disposé de quelques tours de magie fae pendant la lente agonie de son père.

N'y pense pas. Elle avait assez de soucis dans le présent pour ne pas se replonger dans les chagrins du passé.

Elise était perdue dans ses pensées. Elle ne remarqua même pas que le personnel du château était d'humeur joyeuse. Il fallut que Hedera la tire par la manche pour qu'elle daigne lever les yeux du livre qu'elle était en train de lire sur le chemin qui la ramenait à sa chambre.

— Prépare-toi à partir, lui ordonna la gouvernante sur son ton irrité habituel.

Des petites fleurs rouges étaient en pleine floraison dans sa chevelure et elle portait une robe violette.

— Pourquoi ? Qu'est-ce qui se passe ?

— C'est la pleine lune et le prince est en résidence. Cela veut dire que nous avons tous notre soirée. Nous nous rendons au cercle de pierres pour boire et danser. Personne n'est autorisé à rester au château.

— Pourquoi ? Le prince aime se promener tout nu et hurler à la lune, ou un truc comme ça ?

Elise ne comprenait pas la raison d'un tel chambardement. Kian pouvait se balader à poil quand il le désirait sans avoir à faire vider le château. *Il essaie peut-être de jouer les patrons sympas.*

— Humaine stupide ! tu n'as pas ton mot à dire. Maintenant…

— *Brownie*[1] ! l'humaine peut rester. Elle n'a pas sa place dans l'une de nos célébrations, surtout vu comme le prince se montre *protecteur* envers sa petite chouchoute.

C'était Fionn, adossé à une arche en pierre, un sourire indolent sur les lèvres et la main sur la poignée de son épée.

— Mais le maître… (Hedera, domptée par le regard noir de Fionn, ne termina pas sa protestation et s'inclina.) Bien, monseigneur.

— Je serai très bien toute seule. J'ai encore du travail.

Elise ne savait pas pourquoi elle ressentait le besoin de rassurer la gouvernante. Hedera hocha la tête et s'éloigna.

---

1. Personnage du folklore écossais. Un brownie est un génie domestique sympathique et travailleur. (NdT)

— J'aurais dû te tuer quand j'en ai eu l'occasion, dit Fionn en l'observant à loisir. Prends garde, humaine. Le prince ne sera pas toujours là pour voler à ta rescousse.

Elise resta où elle était, car elle ne voulait pas lui tourner le dos. Fionn poussa un grognement et s'éloigna à son tour. Elise serrait si fort son livre que ses doigts blanchissaient.

Il était presque minuit lorsque la faim força Elise à sortir de sa chambre. Le château devait être plus ou moins désert, ce qui, une fois n'était pas coutume, lui permettrait de se rendre à la cuisine sans être importunée.

Les couloirs étaient toujours illuminés par des candélabres et des lanternes. Elise prit donc le temps d'admirer les peintures murales et les tapisseries tissées. Lorsqu'elle n'avait pas à s'inquiéter d'être harcelée par les faes, le château était un endroit magnifique. Elle avait une étrange envie de demander à Kian de lui expliquer pourquoi il avait choisi telle ou telle peinture ou sculpture.

Le prince était-il en train de profiter de cette nuit de tranquillité ? de faire ce qu'il aimait faire lorsque les faes le laissaient en paix ? Elle l'imagina, allongé jusqu'au cou dans un bain moussant, et essaya de ne pas rire.

Une fois dans la cuisine, elle remplit une théière et prit du miel et du pain. Elle déposa le tout sur un petit plateau et repartit lentement vers sa chambre.

Soudain, elle ressentit un picotement dans le cou et se retourna. Il n'y avait personne derrière elle. Rien que des ombres.

— Il me fiche les jetons, ce vieux château, marmonna-t-elle. (Une rafale passa dans le couloir et la théière cliqueta. Elise agrippa le plateau et accéléra l'allure.) C'est juste un petit coup de vent, Elise. Il n'y a pas de quoi avoir peur.

Mais sa voix tremblante montrait que ce conseil venait trop tard. Les faes étaient tous partis fêter elle ne savait quoi. Sa nervosité ne faisait que refléter l'état dans lequel elle vivait en permanence depuis six semaines.

Le poids du plateau commençait à lui faire mal à l'épaule. Elle se concentra pour ne rien faire tomber et ignora le nouveau picotement entre ses omoplates. Un souffle chaud lui chatouilla l'oreille et elle se retourna brusquement.

Rien.

Ça y est, j'ai fini par perdre la boule.

Elle inspira à fond pour tenter de calmer les battements de son cœur. Son imagination faisait naître des fantômes, des goules, des monstres… bref, tout cc qui pouvait hanter un château fae. Pendant son enfance, son père lui avait fait visiter tous les châteaux du Royaume-Uni et elle était persuadée d'avoir aperçu plusieurs fantômes. Elle n'avait rien à craindre des morts. C'était des vivants qu'elle devait s'inquiéter.

— Ils ne peuvent rien te faire, murmura-t-elle en reprenant sa marche.

Des ombres dansaient dans sa vision périphérique, et l'impression qu'on la suivait lui hérissait les poils de la nuque.

Non, pas qu'on la suivait. Qu'on la traquait.

Son plateau se mit à onduler et elle le stabilisa tant bien que mal. Elle voyait la porte de sa chambre. Il lui suffisait de garder le contrôle de ses nerfs jusque-là. Quelque chose tomba dans la tasse et en fit résonner la porcelaine. C'était une goutte de sang dorée, à la forme parfaite.

Ne lève pas les yeux…

Mais elle ne put s'en empêcher, le cœur battant. Le prince était accroupi sur les poutres du plafond, la tête cachée dans l'ombre. Il bougea et une partie de son visage entra dans la lumière. Il montrait les canines et ses yeux sauvages ne semblaient pas la reconnaître.

— K-Kian ?

Il poussa un grognement sourd qui se répercuta sur les murs d'obsidienne et banda les muscles pour sauter. Elise lâcha son plateau et s'enfuit en courant.

Elle l'entendit s'élancer à sa poursuite, mais ne se retourna pas. Elle n'était qu'à quelques mètres de sa chambre lorsque le prince apparut devant la porte. Elle hurla, se baissa pour éviter qu'il l'attrape et se jeta dans l'escalier en espérant ne pas glisser sur les marches.

Le prince bondit par-dessus la mezzanine pour atterrir sur la rambarde et Elise sentit un objet acéré lui entailler la joue. Kian sauta sur le mur et s'y agrippa avec un nouveau grognement inhumain.

Elise déboucha dans une salle de bal et referma la lourde porte en bois derrière elle, puis mit le loquet en place. Elle avait traversé la moitié de la salle lorsque la porte éclata en mille morceaux. Une seconde plus tard, le prince lui sauta dessus. Elise se défendit comme une furie avec les pieds et les poings, et Kian la laissa tomber sur le plancher poli et se fondit dans l'ombre avec un rire glaçant. Elise se releva, saisit une lourde torche éteinte et l'empoigna comme une batte de base-ball.

— La petite humaine pense pouvoir me faire mal avec ça ? se moqua le prince, dont la voix n'avait pas son timbre habituel. La nourriture a beau résister, elle reste une proie.

— Vous êtes vraiment malade, répliqua Elise en serrant les doigts sur la torche.

— Tout à fait.

En un clin d'œil, il fit sauter la torche de ses mains et la plaqua contre le mur, puis lui saisit les poignets d'une seule main et lui leva les bras au-dessus de la tête, une expression de surexcitation sur le visage.

Il se pencha et lécha lentement la plaie de sa joue.

— Délicieuse petite humaine.

— K-Kian, vous n'allez quand même pas me tuer avant que j'aie fini de remettre la bibliothèque en ordre, n'est-ce pas ? balbutia-t-elle, le cœur tambourinant de terreur.

Il se colla contre elle et remua les lèvres sur son menton.

— Mais *j'ai* envie de te tuer. Comme ça, les rêves s'arrêteront. La faim s'arrêtera. (Il ronronnait ces mots contre la gorge d'Elise, et cela donna la chair de poule à la jeune femme.) Si douce. Si adorable.

Il la souleva très haut puis, d'un doigt, détacha le lacet qui fermait sa chemise pour exposer ses seins bandés.

— Vous disiez que je vous dégoûtais, vous vous rappelez ? Vous n'avez donc aucune envie de me manger, tenta-t-elle de le raisonner.

Il répondit par un sourire éclatant qui disait tout le contraire. Le Kian plus ou moins raisonnable qu'elle connaissait était aux abonnés absents.

— Ce qui me dégoûte, c'est le désir que tu éveilles en moi, répondit-il avec un petit grognement. Mais, après ce soir, ce sentiment aura disparu et tout reviendra à la normale.

Il passa la main sur la poitrine d'Elise, puis repoussa sa tresse pour lui exposer le cou. La jeune femme résista et voulut le repousser à coups de genou, mais le fae se contenta de rire et d'insérer son corps massif entre ses cuisses. Elle enroula les jambes autour de sa taille pour avoir un point d'appui et essaya de se libérer les mains.

— C'est ça, continue. Ça m'excite.

Il la plaqua encore plus contre le mur pour qu'elle sente bien la preuve de son excitation sur son entrejambe. Le corps de la jeune femme réagit au quart de tour et elle se mit à gigoter pour tenter d'enrayer la pression terrible qui montait en elle.

—Kian, je vous préviens, si vous me mordez, je vous mordrai aussi et ça ne vous plaira pas, le menaça-t-elle d'une voix qui tremblait de colère.

Le prince lui lécha les lèvres du bout de la langue.

—Oh que si!

L'enfoiré plongea les canines dans son cou et se mit à aspirer. La douleur vive se mua aussitôt en extase. Elise poussa un cri et elle ressentit un élancement douloureux à l'endroit, de plus en plus chaud et humide, où le sexe rigide du fae se pressait contre elle. Il gémit et lui lâcha les mains pour lui saisir les hanches et la coller encore plus à lui. Elise glissa la main dans ses cheveux et serra les doigts sur ses bois.

—Je... t'emmerde, haleta-t-elle avant de le mordre de toutes ses forces à l'épaule.

Kian hurla et ôta les dents de son cou, puis, les yeux brûlants, passa le pouce sur le sang doré qui gouttait de la bouche de la jeune femme.

—Alors, connard, ça fait quoi? grogna-t-elle, le souffle court.

—Ça fait que j'ai l'impression que tu es un cauchemar dont je ne serai jamais rassasié, répondit-il avec révérence.

Elise ne vit pas qui avait bougé le premier, mais leurs bouches s'unirent. Leurs langues, leurs dents s'affrontèrent dans un tourbillon de rage et de désir.

Elise retira les doigts des cheveux et des bois de Kian et ils se retrouvèrent par terre. Le prince s'allongea sur elle, la mordilla un instant, puis replongea les canines dans son cou. Elise poussa un petit cri étouffé. Le plaisir se répandait en elle en une explosion de drogue et de magie. Le désir lui faisait perdre la tête. Elle ondulait des hanches pour en obtenir encore plus, pour qu'il la libère de cette tension succulente et insoutenable. Pour qu'il la touche et qu'il la pénètre.

Kian passa la main entre ses cuisses et pressa la paume contre son entrejambe. Elise se tortilla et se frotta contre lui. Il arracha les lacets de son pantalon, glissa les doigts dans sa petite culotte et plongea dans son intimité humide.

— Kian, grogna-t-elle contre son épaule.

Il inséra deux doigts en elle et entama un puissant va-et-vient.

— Parfaite. Tu es parfaite, putain ! murmura-t-il en lui léchouillant l'oreille. Donne-moi ton plaisir, mon cauchemar. Offre-toi à moi sans retenue.

— Mords-moi, Kian, le supplia-t-elle d'une voix qu'elle ne reconnaissait pas. Je t'en supplie, mords-moi encore.

Ses canines percèrent l'arrondi de son sein. Au même instant, il plia les doigts en elle et, de son pouce, entama un mouvement circulaire sur son clitoris. Elise cria, aveuglée par une lumière blanche, et s'abandonna à un orgasme explosif. Kian serra le bras autour de ses épaules, et elle se cambra contre lui et lécha la sueur qui perlait sur son cou avant de l'embrasser avec passion pour s'enivrer de son goût de miel, de fumée et de fer.

— Sa… lopard, murmura-t-elle.

Ses mains se détachèrent de ses bois et elle sombra dans l'inconscience, ce qui la priva de l'expression de surprise qui apparut sur le beau visage du prince.

Chapitre 13

Le voile rouge, marque de la folie de Kian, se leva, et il découvrit Elise inconsciente dans ses bras. Le sang de la morsure qu'il lui avait faite au cou lui salissait la poitrine et il avait encore les doigts en elle. Il ôta la main en hâte et la posa sur le sol.

— Elise ? l'appela-t-il en lui touchant le visage. Réveille-toi !

Paniqué, il posa l'oreille sur sa poitrine. Les battements de son cœur étaient faibles, mais bien présents. Quelle quantité de sang avait-il bue ? Son visage était bien trop pâle, mais Kian hésitait.

Laisse-la mourir, lui disait la voix de la raison.

Elle est le cauchemar que tu n'as jamais demandé mais que tu désires depuis toujours, répondait son cœur.

Pour la première fois en deux mille ans, Kian écouta son cœur. Il souleva Elise et partit en courant. Le sang de l'humaine le rendait plus fort et plus rapide que jamais. D'un coup de pied, il fit sauter la porte de la tour de ses gonds et porta Elise jusqu'à son cabinet de travail. Il l'allongea sur un canapé, puis se passa les mains dans les cheveux, plus paniqué que jamais.

— Réfléchis, Kian !

Il ouvrit un petit meuble rempli de fioles en verre, à la recherche d'une potion qui pourrait aider Elise. La médecine fae fonctionnerait-elle sur une humaine ? Il devait tenter sa chance. Il fit sauter le bouchon d'un élixir de guérison et le versa dans la bouche de la jeune femme.

— Avale, Elise, lui ordonna-t-il en lui massant doucement la gorge jusqu'à ce que la potion soit bien descendue.

Il prit une autre fiole, cette fois destinée aux blessures, et recommença la même opération. Il n'avait plus perdu le contrôle à ce point depuis le premier mois de sa malédiction, lorsqu'il avait mis en pièces les victimes qu'il avait croisées pendant la pleine lune. S'il n'avait pas tué Elise immédiatement, c'était parce qu'elle avait réussi à contenir la folie qui le dominait.

— Qu'est-ce que tu fous là ce soir, d'ailleurs ? maugréa-t-il.

Ses yeux revinrent sur le sang qui lui maculait la poitrine. Il poussa un juron, écarta le rebord du bandeau et fit apparaître une autre morsure sur son sein rond. Du bout du doigt, il passa un peu de potion sur la plaie jusqu'à ce qu'elle se referme.

Ensuite, il se leva et alla chercher un tissu mouillé pour la nettoyer. C'était une action qu'il ne faisait que trop souvent ces derniers temps. *À cause de toi.*

Il lui ôta sa chemise et la remplaça par l'une des siennes. Comme elle ne se réveillait toujours pas, il la souleva une nouvelle fois pour la porter jusqu'à sa chambre.

Il l'allongea sur le lit, mais ce spectacle réveilla une nouvelle fois la bête en lui. Il lui embrassa les paupières, les joues. Elle sentait si bon qu'il avait envie de s'enrouler autour d'elle et de s'enivrer de son parfum. L'odeur de son sang et de son excitation relança son érection. Le tissu de son entrejambe était humide et il comprit alors qu'il avait joui dans son pantalon comme un jeune fae inexpérimenté. Il se releva d'un bond, dégoûté, et se rendit à la salle de bains.

Il appuya sur un sceau incrusté dans le mur d'obsidienne et de l'eau chaude sortit en petits jets. Il voulait se frotter la peau jusqu'au sang pour se débarrasser de la sensation d'Elise. Le sang de l'humaine qui palpitait dans ses veines faussait son odorat et il contint un hurlement.

Il vit alors que du sang maculait la pointe de ses cheveux. Il les lava, mais en vain. De plus en plus énervé, il arrêta et essuya l'eau de ses yeux. Ce n'était pas du sang qui en rougissait les pointes… mais ses cheveux qui changeaient de couleur.

— Impossible.

Le rouge était remonté d'au moins trois centimètres. Il se laissa glisser jusqu'au sol, abasourdi.

Il ferma les yeux et inspira à fond pour tenter de maîtriser sa panique mais, au lieu de cela, il fut harcelé par les images de ses pires ennemis. Hengist, aussi blond qu'arrogant, et son frère Horsa, tout aussi bouffi de fierté que lui. Les deux rois saxons s'étaient alliés à Vortigern, haut-roi des Bretons. Peu de temps après, les relations entre les faes et les humains s'étaient détériorées de manière irrémédiable.

Un frisson lui parcourut le ventre et il se pencha en avant pour vomir du sang. Il avait besoin d'aide, mais aucun de ses frères ne lui serait d'un quelconque secours.

— Aisling.

Kian se redressa et essaya de se reprendre. *Je suis le prince de sang, bon Dieu !* Si Elise mourait, cela ferait une humaine en moins dont il n'aurait plus à s'inquiéter.

Une douleur vive lui perça la poitrine. La douleur était telle qu'il se plia en deux. Il n'avait jamais fait le serment de ne pas lui faire de mal.

— Mais qu'est-ce que cette sorcière m'a fait ? grogna-t-il, les entrailles ravagées par la douleur.

Il retourna dans la chambre, bien décidé à affronter Elise, à la secouer jusqu'à ce qu'elle se réveille et à exiger des réponses, mais au premier regard sa colère s'évapora. Elle était recroquevillée sur le flanc et serrait un oreiller contre elle. Kian vit qu'elle avait retrouvé des couleurs et en éprouva un vrai soulagement. Plutôt que de lui briser la nuque, il étendit une couverture sur son corps endormi.

Dégoûté par sa propre faiblesse, il passa des vêtements propres, entra dans son cabinet de travail et s'assura que toutes les portes étaient bien fermées.

Le sang d'Aisling brillait comme un rubis dans sa fiole de cristal et d'argent. Kian le prit entre ses mains et le retourna. Devait-il l'utiliser ou pas ? Il était parcouru de souvenirs violents de son étreinte avec Elise. Il revoyait la jeune femme couchée sous lui, ses mains et sa bouche sur elle, ses cris de plaisir. Il jura et se força à respirer dix fois. Il devait obtenir des réponses avant de sombrer dans la folie et d'y entraîner Elise.

Kian ouvrit la fiole, versa quelques gouttes sur son doigt et traça des runes sur le miroir. Puis il attendit, car il ne savait pas le temps qu'il faudrait à la magie pour s'activer. Invoquer un esprit du royaume des morts d'Arawan était une entreprise aussi risquée qu'aléatoire, mais Aisling ne le déçut pas. Elle apparut dans la brume, ses cheveux noirs soulevés par une brise invisible.

— Kian. Cela fait combien de temps, mon prince ? demanda-t-elle, son regard bleu plein de malice.

— Trop longtemps. La malédiction ne m'a toujours pas tué.

— C'est ce que je constate. Pourquoi m'invoquer après tout ce temps ? (Sa malice se mua en inquiétude et elle fronça les sourcils.) Kian, que s'est-il passé ? Tu n'as pas l'air d'être toi-même.

— Je suis de retour à Albion. Mes frères et moi avons fini par trouver le moyen de rouvrir le portail. Nous allons nous venger avant de mourir.

Cet aveu lui pesait. Aisling lui avait toujours déconseillé ce plan d'action et il voyait que son opinion n'avait pas changé. Elle croisa les bras.

— Tu as ce que tu veux, donc. Quel est ton problème ?

— J'ai trouvé une femme. Une humaine. Et je n'arrive pas à la tuer. Mes illusions magiques ne l'affectent pas. Je l'ai attrapée à la pleine lune et elle a survécu. Je la déteste. Je la veux. Il faut que je la tue et je n'y parviens pas. (Furieux de parler à tort et à travers, il avait envie de décocher un coup de poing au miroir.) Aide-moi, Aisling. Tu as toujours été de très bon conseil. Dis-moi ce que je dois faire d'elle.

Aisling éclata d'un rire aigu, joyeux et très irritant. Elle riait si fort que des larmes se mirent à couler le long de ses joues. Kian ne savait pas qu'un esprit pouvait pleurer.

— Tu as fini ? lui demanda-t-il sèchement. J'ai besoin de ton aide et, toi, tu brais comme un âne.

— Toutes mes excuses, mon prince. Je ne savais pas si ma magie avait fonctionné quand Aoife a lancé sa malédiction, répondit Aisling, qui essayait de se reprendre.

— C'est ta faute, donc, articula Kian entre ses dents.

— Oui et non. Tu étais destinée à la trouver. J'ai juste fait en sorte que cela arrive si tu revenais à Albion avant que la malédiction te tue. (Aisling s'essuya les yeux.) Tu avais oublié ma contribution, n'est-ce pas ? C'est tout toi, ça. Tu réclames de l'aide, mais tu n'y prêtes jamais la moindre attention.

— Dis les choses clairement, femme. Je n'ai pas de temps à perdre avec tes vantardises.

Aisling lui adressa un sourire patient.

— Oh ! très bien. Elle est de descendance royale, de la lignée de Vortigern, de Hengist ou de Horsa, je ne sais pas laquelle. Toutes tes malédictions seront levées par le sang de tes ennemis dans cette nouvelle époque. Comme tu étais un prince assoiffé de sang, la malédiction t'a condamné à en boire. Si elle t'offre le sien de son plein gré, cela atténuera la puissance de ce fléau. Et, si tu ne gâches pas tout, elle sera la clé qui t'en libérera définitivement.

Kian prit la pointe rouge de ses cheveux entre ses doigts et repensa aux événements des dernières heures. « *Mords-moi, Kian.* »

Elise lui avait offert son sang dans le feu du moment, mais accepterait-elle de l'aider lorsqu'elle se réveillerait ?

— La magie s'estompe, Kian, reprit Aisling, ce qui le tira de ses réflexions. Je t'en prie, écoute-moi. Si tu fais du mal à cette femme, cela te détruira plus que tu peux l'imaginer. Ne laisse pas passer cette chance parce qu'elle a le sang de ton ennemi dans les veines. Cicatrise le passé. Crée un avenir pour les faes.

— Je ne sais pas si j'en suis capable, répondit Kian avec franchise.

Sa haine l'alimentait depuis plus de mille ans et il ne savait pas s'il pourrait vivre sans.

— Si, tu l'es. Jamais je ne me serais alliée à toi si je ne t'en avais pas cru capable. (La forme d'Aisling commença à se dissoudre et sa voix s'éloigna, mais son sourire ne perdait rien de son éclat.) Fais-moi revenir bientôt pour que je rencontre ta compagne. Je parie qu'elle est merveilleuse.

Elle disparut et Kian, oppressé, agrippa le cadre du miroir.

— Reviens, Aisling ! Comment ça, ma « compagne » ? cria-t-il.

Les compagnes étaient une denrée rare pour les faes de sang princier comme ses frères et lui, au point qu'elles étaient devenues un mythe pour leur peuple. Même dans leurs légendes, les compagnes étaient des êtres qu'il fallait craindre. Lorsque deux âmes destinées l'une à l'autre se trouvaient, elles devenaient *autre chose*. Leur puissance était magnifiée et leur lien ne pouvait plus être brisé.

Les deux êtres ainsi réunis étaient d'une loyauté indéfectible l'un envers l'autre. Tout le reste était secondaire.

Kian tremblait de colère et de peur. Il avait eu une vision du visage de Hengist. Cela voulait-il dire qu'Elise avait son sang en elle ? ne serait-ce qu'une seule goutte ? Cette perspective l'horrifiait.

Aisling avait toujours eu des dons de voyance très puissants et elle avait essayé de leur expliquer qu'il n'existait qu'un seul moyen de briser les malédictions qui pesaient sur eux. Ses frères et lui ne l'avaient pas prise au sérieux, car les compagnes n'étaient pas réelles et il était hors de question qu'ils acceptent le baiser des descendantes de leur ennemi. Ils avaient juré de tuer tous les membres de la lignée du roi bâtard dès qu'ils en auraient l'occasion.

Kian ferma les yeux et mobilisa son pouvoir pour chercher en lui la présence de liens magiques. À peine avait-il prononcé le sort que la réponse le percuta en plein torse. Une corde doré et violet était enroulée autour de sa poitrine et lui comprimait le cœur. Il n'avait jamais vu une telle magie, qui n'était apparue que parce qu'il avait cédé au sombre désir de posséder Elise à la minute où il l'avait rencontrée. Cette magie avait déjà commencé à le métamorphoser, tout comme le lien changerait Elise.

Eh merde!

Kian entrouvrit la porte de la chambre et la regarda dormir. Aussitôt, de douces émotions lui gonflèrent la poitrine. Il ressentait une envie irrépressible de voir comment elle allait et de veiller sur elle. Il comprenait mieux pourquoi il avait perdu son calme lorsqu'un autre fae l'avait touchée et pourquoi il n'avait pas supporté de la voir affamée et en haillons à son retour de la guerre.

Jusque-là, il avait représenté le plus grand danger pour elle.

Il avait essayé de la tuer. Il avait voulu la haïr. Il avait tout fait pour ne pas l'aimer.

Le sang de mon ennemi. Mon esclave. Mon salut… ma compagne.

Chapitre 14

Elise émergea lentement du sommeil, dans une douce odeur de sapin. Son cerveau se mit aussitôt en alerte. Quelque chose n'allait pas. Pourquoi sentait-elle le parfum du prince ? *Oh, mon Dieu, le prince !* Un souvenir de morsure, de peur et de désir lui revint soudain et lui fit l'effet d'une douche froide. Elle se dressa dans le lit, droite comme un i.

Elle se trouvait bien dans le décor familier de sa chambre, mais elle sentait qu'un détail clochait. Elle dormait avec un oreiller qui n'était pas le sien et portait une chemise bien trop grande. Elle en porta le tissu à son nez. Son odeur de sapin lui apprit à qui elle appartenait.

Quelque chose bougea à l'autre bout de la pièce et elle sursauta. Le prince était allongé sur son canapé, devant l'âtre. Il dormait profondément, un livre posé sur la poitrine. Elle s'apprêtait à le toucher du bout du doigt pour voir s'il était bien réel lorsqu'il s'éveilla. Son regard se posa sur elle et Elise vit qu'il exprimait un grand soulagement.

— Tu es réveillée, lui dit-il d'une voix rauque avec un sourire qui dévoila la pointe de ses canines.

Poussant un petit cri terrorisé, la jeune femme se précipita dans la salle de bains, dont elle verrouilla la porte derrière elle avant de vaciller sous l'effet du sang qui lui montait à la tête.

— N'aie pas peur, Elise… je suis redevenu moi-même, lui dit-il depuis l'autre côté de la porte.

— Et c'est censé me rassurer ? Qu'est-ce que vous faites là ?

— Je suis chez moi, femme. Je vais où j'en ai envie dans mon propre château ! (Il marmonna quelques mots incompréhensibles et lorsqu'il s'adressa de nouveau à elle, sa voix était calme.) Elise, il faut qu'on parle. Sors de là.

— Non. Je dois prendre un bain. Revenez tout à l'heure.

Elle regretta aussitôt ses paroles. *T'es idiote ou quoi ?* Elle ouvrit grand les robinets pour ne pas entendre la réponse du fae, puis ôta ses vêtements et se glissa dans l'eau. Une fois assise, elle se mit à trembler et colla les genoux contre sa poitrine.

Le prince m'a traquée. Il m'a mordue et… mon Dieu, il m'a vraiment fait jouir !?

Ses parties intimes endolories lui indiquaient que cet orgasme dévastateur n'était pas le fruit de son imagination. Elle l'avait supplié de la mordre pour pouvoir ressentir cette douce ivresse. Elle poussa un grognement et cacha son visage rouge de honte dans ses mains.

Au moment où tu pensais ne pas pouvoir descendre plus bas…

Elle referma les robinets lorsque l'eau lui arriva au cou. Elle tendit alors l'oreille, mais n'entendit aucun bruit de l'autre côté de la porte. Le prince semblait avoir obéi.

— Elise ?

Mais ce n'est pas vrai ! Elle plongea la tête sous l'eau et retint sa respiration jusqu'à ce que ses poumons commencent à la brûler. Lorsqu'elle émergea, le prince était silencieux. Tant mieux. La nuit précédente, il lui avait montré qu'il était tout à fait capable d'enfoncer une porte s'il en avait envie. Peut-être était-il épuisé après ses exploits de la nuit.

Enfermée avec un prince fae schizophrène ! Mon existence ne pourrait être pire.

Elle se lava de la tête aux pieds en se demandant comment elle allait bien pouvoir regarder Kian en face. Elle l'avait embrassé, lui avait demandé de la *mordre*, tout cela alors qu'il avait les doigts en elle. Elle avait envie de vomir. De recommencer. De…

Je ne peux quand même pas avoir le béguin pour lui. Kian était un salopard de première et elle méritait mieux que lui. Elle n'avait jamais eu très bon goût en matière d'hommes, mais pas au point de s'amouracher de psychopathes violents cependant.

Cela ne pouvait venir que de l'effet de sa magie. Elle toucha les bracelets dorés, puis les savonna pour tenter de les ôter.

Une fois son calme retrouvé, elle sortit du bain et s'emmitoufla dans un peignoir doux. Son corps réclamait de la nourriture et du sommeil. Lorsqu'elle ouvrit la porte, elle vit que Kian l'attendait sur le canapé, un plateau chargé de mets sur la table devant lui.

— Viens manger, Elise, lui dit-il en fermant le livre qu'il était en train de lire.

— Vous n'avez rien d'autre à faire que traîner dans ma chambre ? lui demanda-t-elle en s'asseyant face à lui.

— Si, mais certaines choses passent en priorité. Aujourd'hui, c'est toi.

Il lui versa une tasse de thé et Elise plissa les yeux. Décidément, quelque chose était louche.

— Vraiment ? Laissez-moi deviner : l'envie de me pourchasser dans les couloirs comme un monstre déjanté vous reprend peut-être ?

— Ce petit jeu ne semblait pas te déplaire vers la fin, répliqua-t-il avec un petit sourire.

Elise rougit et prit une pâtisserie.

— Je simulais.

Le sourire du prince s'élargit.

— Tu étais toute mouillée. C'est impossible à simuler.

Non. Il n'a pas dit ça !

— Que faites-vous là, maître ? grommela-t-elle entre ses dents.

Elle devait le faire sortir de sa chambre de manière à pouvoir mourir de honte en paix.

— J'ai une proposition à te faire.

— Je ne coucherai pas avec vous.

— Ce n'est pas le sujet, répondit-il, et son sourire perdit de sa superbe. Il s'agit de ta liberté. C'est bien ce que tu désires plus que tout, non ?

— Ma vraie liberté ? Vous m'ôteriez ces bracelets et je pourrais partir sans jamais être obligée de vous revoir ? Ou bien la liberté par la mort ?

Les faes aimaient jouer sur les mots et Elise refusait de se faire avoir.

Un muscle palpita sur la mâchoire de Kian.

— Oui, la vraie liberté. Tu pourras partir.

— Pour toujours ?

— Oui, lâcha-t-il entre ses dents.

— D'accord, mais qu'est-ce qu'il faut que je fasse pour la gagner ?

Elle sirota son thé. Il était parfaitement à son goût, même si elle ignorait comment il pouvait connaître ses préférences.

— Je veux ton sang.

Elise renversa du thé sur sa main et faillit lâcher sa tasse.

— Pardon ?

— Je veux ton sang. Donné de ton plein gré.

— Pourquoi de mon plein gré ? Vous me l'avez pris sans mon consentement hier soir et ça ne semblait pas vous poser de problème.

Kian s'agita sur le canapé. Il paraissait avoir du mal à la regarder en face.

— Je te présente toutes mes excuses. Je ne suis pas moi-même à la pleine lune.

— Sans blague. C'est dû à cette fameuse malédiction, j'imagine ? (Il hocha la tête, de plus en plus mal à l'aise.) Et mon sang permet d'arranger les choses ?

Il montra la pointe de ses cheveux à Elise.

— Oui. Regarde, il y a plus de rouge qu'hier. Ça veut dire que la malédiction a perdu de sa puissance. C'est la première fois que ça arrive, et ça fait pourtant mille cinq cents ans que je suis obligé de boire du sang.

— Qu'est-ce que le mien a de différent ?

Elle n'y comprenait rien.

— Je n'en sais rien.

Et, moi, je n'en crois pas un mot.

— Bien sûr que si. Sinon, vous le prendriez sans me demander la permission.

— Certains détails m'échappent. Tout ce que je sais, c'est que tu dois me le proposer de ton plein gré. Comme tu l'as fait la nuit dernière, quand tu m'as supplié de te mordre pendant que je te…

— C'est bon, merci, j'étais là. Inutile de le répéter. (Elle avait horreur d'être ainsi à sa merci et le regard malicieux du prince lui montrait qu'il profitait de chaque seconde.) Dites-moi plutôt pourquoi vous vous en prenez aux humains.

Le sourire de Kian s'effaça.

— Tu n'es pas en position de me poser des questions.

— Si, en fait. Vous disiez que mon sang devait vous être offert de mon plein gré, mais je ne vous en donnerai pas la moindre goutte tant que vous ne m'aurez pas expliqué ce que vous entendez par la lignée du traître et pourquoi vous voulez tuer ses descendants.

— C'est une histoire longue et compliquée.

— J'ai tout mon temps.

Kian soupira et s'appuya contre le dossier du canapé.

— Tu vas me détester.

— C'est déjà le cas, mais nous avons passé un accord, ou nous le passerons si vous me parlez de cette malédiction et si vous m'expliquez pourquoi vous faites la guerre aux humains. Même si ça me pousse à vous détester encore plus, je vous donnerai quand même mon sang de mon plein gré.

— Quand on fait une promesse à un fae, on doit s'y tenir, l'avertit-il.

Elise soutint son regard.

— Je tiens toujours mes promesses.

C'était la vérité. Elle avait tenu la promesse faite à son père et cela avait failli la détruire. Pourtant, elle l'avait menée à son terme. *N'y pense pas, Elise. Ce n'est pas le moment.*

— Qu'y a-t-il ? lui demanda Kian, la tête penchée sur le côté et les yeux plissés. Une expression étrange vient de passer sur ton visage.

— Ça ne vous regarde pas.

Kian sentit qu'il serait sage de changer de sujet.

— Pourquoi veux-tu en savoir plus sur la malédiction ?

— Pour comprendre vos motivations, j'imagine. Si je ne vous donne pas mon sang, elle finira par vous tuer et vous ne pourrez plus jamais faire de mal aux humains. Je veux ma liberté, mais il vaut peut-être mieux que je la sacrifie pour sauver l'humanité.

Elise ne se serait pourtant jamais crue capable d'une telle abnégation. Elle était probablement la seule humaine qu'il ne pouvait pas tuer sans en subir les conséquences, ce qui lui donnait un pouvoir sur lui. Il semblait croire en sa bravoure, à en juger par sa grimace contrariée, mais elle avait vraiment envie de savoir pourquoi il détestait tant les humains.

Elle avait risqué sa vie et pris une balle dans l'épaule pour le sauver. Une partie de son être détestait cordialement Kian, mais d'*autres parties*, très contrariantes, le sauveraient de nouveau s'ils se retrouvaient dans la même situation, avaient même de l'affection pour lui et voulaient mieux le connaître. Cela n'avait aucun sens, mais ce n'en était pas moins vrai. Peut-être trouverait-elle le moyen de le convaincre que tous les humains n'étaient pas des monstres.

Tous deux se regardaient toujours droit dans les yeux.

— Si tu cherches un élément rédempteur en moi, tu perds ton temps.

— Je suis votre esclave, Kian. Le temps, c'est tout ce qui me reste. (Elle repoussa ses cheveux humides derrière ses oreilles et les mains du fae se crispèrent.) Et je n'ai aucune envie d'avoir une meilleure opinion de vous.

— Non, surtout pas, n'est-ce pas ? répondit-il avec un petit sourire qu'elle lui rendit malgré elle. Mange. Tu as perdu trop de sang ces derniers jours et, même si mes potions sont efficaces, elles ont leurs limites.

— Si vous insistez tant pour que je mange, je vais finir par croire que vous essayez d'être gentil, le taquina-t-elle.

— J'essaie de te garder en vie jusqu'à ce que tu m'aies donné assez de sang pour que je brise la malédiction.

Bien sûr…

Elise étala du miel sur le pain frais cuit par Hedera et commença à manger pour qu'il cesse de la regarder comme s'il voulait enfourner lui-même la nourriture dans son gosier. Les épaules du prince se détendirent un peu lorsqu'elle termina sa tartine et en entama une deuxième. Elle lui adressa un sourire entendu pour lui faire comprendre qu'elle l'avait remarqué et il la fusilla du regard.

— Alors, cette malédiction, comment a-t-elle commencé ?

Chapitre 15

Kian se versa une nouvelle tasse de thé et s'installa plus confortablement. La situation lui paraissait incongrue. Ils prenaient le thé l'un en face de l'autre, presque détendus, comme s'ils n'étaient pas dévorés par l'envie de s'égorger mutuellement.

— Sais-tu qui étais Vortigern ?

— Un roi aux environs de l'an 400, je crois, répondit-elle sans avoir à faire un gros effort de mémoire. Certains disaient qu'il était le grand-oncle du roi Arthur, non ?

— Je ne sais pas qui est le roi Arthur, mais Vortigern était le roi des Bretons lors de mon dernier séjour à Albion.

— Bon sang, mais ça vous fait quel âge !? Dans les mille cinq cents ans ?

Kian répondit avec une timidité qui ne lui était pas coutumière.

— Plus, mais ce n'est pas le sujet. En ce temps-là, les faes entretenaient des relations correctes avec les humains, même avec les Romains, qui étaient là avant Vortigern. Lorsqu'il a commencé à perdre le contrôle de ses seigneurs, qui guerroyaient entre eux, et qu'il s'est retrouvé débordé par les raids des Pictes et des

Scots, il a recruté deux rois saxons, Hengist et Horsa, pour renforcer son armée.

— Oui, j'ai aussi entendu parler d'eux. Ils sont devenus rois du Kent.

Kian poussa un soupir exaspéré.

— Tu écoutes ce que j'ai à te dire ou tu préfères m'interrompre toutes les deux minutes ?

— Désolé, maître, s'excusa-t-elle en levant les mains.

— Hengist et Horsa ont semé la zizanie entre Vortigern et ses vassaux. Ils pensaient que les faes leur cachaient des choses, surtout celles qui avaient trait à la magie. Nous ne voulions pas nous mêler à leurs accrochages avec les Pictes et les Scots. Les faes ont toujours été moins nombreux que les humains et notre taux de natalité est bien plus faible. Malgré cela, mes frères et moi avons décidé que le plus important était de protéger notre territoire. J'aurais dû écouter Killian, dit le prince avec un sourire sombre. Il disait que les humains étaient trop cupides pour qu'on leur fasse confiance. Qu'une fois qu'on leur aurait donné ce qu'ils demandaient, ils se retourneraient contre nous. Aujourd'hui encore, j'ai du mal à admettre qu'il avait raison.

» Nous nous sommes donc alliés à Vortigern. En échange de notre aide, il s'engageait à ce que les humains n'attaquent plus jamais les faes, et que le territoire sur lequel nous nous trouvons actuellement nous appartiendrait à tout jamais parce que c'est là que se trouvait la porte menant à Faërie. Pour moi, c'était le moyen d'assurer la sauvegarde de nos jeunes. Comme ils n'auraient pas à se cacher, ils pourraient se multiplier.

Sa voix se brisa sur ces derniers mots et Elise n'osa rien dire. La douleur qu'elle lisait dans ses yeux n'était pas feinte et elle sentit son petit déjeuner protester dans son ventre.

—Avec l'aide de deux puissantes sorcières, Aoife et Aisling, nous sommes parvenus à repousser les envahisseurs, et Albion a enfin connu la paix après des années d'agitation, reprit-il au bout d'un moment. Mais, deux hivers plus tard, Hengist et Horsa ont déclenché une nouvelle guerre. Ils pensaient que nous ne méritions pas les terres qu'on nous avait promises et ils nous ont attaqués.

» Nous avons accumulé suffisamment de preuves pour pouvoir demander à Vortigern la raison de ces agressions et le traité s'est désagrégé. Mais, quand les faes passent un accord, il leur est impossible de s'en dégager. Les rois l'avaient oublié lorsqu'ils nous ont attaqués, dit Kian avec une expression de violence de plus en plus sauvage sur le visage. Ils avaient promis de nous protéger ; sans cela, leur sang serait maudit à tout jamais. Ils avaient prêté serment sur leur descendance.

» Mes frères et moi avons été invités à rencontrer Vortigern et Aoife, mais ce n'était qu'une ruse pour détourner notre attention. Aoife s'était rangée du côté des humains, mais sa sœur, Aisling, avait pris le parti des faes. Elle avait eu le cœur brisé en voyant Aoife se vendre pour obtenir plus de pouvoir, mais jamais elle ne se serait doutée que sa sœur tomberait si bas. Pendant notre entrevue avec Vortigern, Hengist et Horsa ont lancé un raid sur les faes qui étaient sous ma protection dans cette région du sud de l'île. Nos guerriers n'étaient pas assez nombreux et, cette nuit-là, les humains ont massacré cent dix-sept jeunes faes. Toute une génération a disparu.

Kian, le regard vide, était perdu dans l'horreur de ses souvenirs. Elise aurait voulu dire quelque chose, lui prendre la main… mais il n'y avait rien qu'elle puisse faire pour l'aider à se sentir mieux.

— Rien n'aurait pu nous préparer à cette tragédie. L'effet de surprise nous a assommés et les humains se sont servis de notre état de choc. Aoife avait rassemblé d'autres magiciens humains et, à eux tous, ils avaient la puissance suffisante pour nous contenir. On a coupé mes bois, que les rois ont gardés comme trophées, et on nous a bannis à Faërie par le portail.

Elise osa regarder ses bois, qui avaient repoussé. L'humiliation et la douleur que Kian avait dû ressentir la rendaient malade. Le prince remarqua son regard et, dans ses yeux, elle comprit que le souvenir de cette mutilation était toujours aussi vivace.

— Pour couronner le tout, mes frères et moi avons été maudits. Comme j'étais le guerrier, le prince assoiffé de sang, j'ai été condamné à devoir en boire pour survivre, continua-t-il d'une voix rauque. Bayn, le prince de l'hiver, au tempérament aussi froid que son pouvoir, maniait la magie de la glace. Sa malédiction touche son cœur, qui se glace petit à petit. Killian est le prince de la nuit, le maître de tout ce qui se passe après le coucher du soleil. Désormais, il tue tout ce qu'il touche.

» Depuis mille cinq cents ans, nous essayons de revenir à Albion pour nous venger. Aisling a essayé de contrer les sorts maléfiques lancés par sa sœur. Elle nous a dit qu'elle y avait découvert des failles, mais nous ne l'avons jamais crue, car la solution nécessitait l'aide d'humains, une espèce honnie entre toutes. (Il posa son regard lourd sur Elise, qui sentit son cœur se mettre à tambouriner douloureusement dans sa poitrine.) Mais on dirait que j'aurais mieux fait de l'écouter.

— Vous croyez que je suis votre faille ?

Kian lui montra la pointe de ses cheveux.

— J'en suis persuadé. Mes cheveux font office de sablier, Elise. Il ne me restait que quelques années, tout au plus, avant qu'ils deviennent complètement blancs, ce qui serait synonyme de mort. Mais le rouge revient un peu, ce qui me fait gagner quelques années, et tout cela parce que j'ai bu ton sang la nuit dernière.

— Mais… je ne suis personne.

Pourquoi elle ? Pourquoi, alors que beaucoup de femmes en Angleterre ne verraient aucun inconvénient à se lier à un fae, le destin avait-il décidé de la choisir, elle ?

— Ce n'est pas ce qu'indiquent mes cheveux, Elise. Je n'ai pas réussi à te tuer la première fois que je t'ai vue. C'est peut-être pour cela.

Kian semblait aussi emballé qu'elle à cette idée.

— Les humains que vous avez tués, ils sont tous des descendants de ces rois ? lui demanda-t-elle en suivant une intuition.

Kian hocha lentement la tête.

— Oui, des rois et des guerriers qui ont participé au massacre des jeunes faes. Sais-tu que moins de cinquante de ces familles existent encore ? Les autres sont mortes de remords ou se sont suicidées. J'ai promis la justice pour ces enfants assassinés et je ne m'arrêterai pas tant que je ne l'aurai pas obtenue. Les accords passés avec les faes sont éternels, Elise. Les rois ont prêté serment sur la vie de leurs futurs descendants. La magie et l'honneur me forcent à mettre les conséquences de ce serment à exécution.

Ce ne fut que lorsqu'elle sentit les larmes couler sur ses joues qu'Elise se rendit compte qu'elle pleurait. Elle les essuya en espérant que Kian ne les avait pas vues. Elle ne pouvait pas imaginer l'horreur que représentait pour lui le fardeau d'un tel serment ou le poids de ses responsabilités par rapport à son peuple. L'argument de l'innocence de ces descendants humains n'avait aucun poids, car les enfants faes massacrés avaient été tout aussi innocents.

— Si je vous aide à vaincre cette malédiction, est-ce que vous envisageriez de passer une nouvelle alliance avec les humains ? Les temps ont changé et personne ne veut d'une guerre qui ferait de nouvelles victimes innocentes.

— Ma bonté t'a épargnée, mais ce n'est pas pour cela que je devrais faire de même avec eux, lui répondit-il avec ce petit sourire rusé dont Elise savait qu'elle devait se méfier, car il pouvait la convaincre de tout et n'importe quoi. Mais, si tu parviens à annuler la malédiction, cela m'encouragera peut-être à voir au moins une humaine d'un œil plus favorable.

— Les humains ont peut-être plus à offrir qu'autrefois. Je pourrais en discuter avec vous… ou même vous faire découvrir ce nouveau monde. Il vous plairait peut-être.

Une minute, je viens de l'inviter à un rendez-vous galant, non ?

— J'imagine que tu vas devoir vaincre ma malédiction pour savoir si j'ai envie de découvrir ce que tu as à m'offrir, répliqua-t-il tandis que son sourire s'élargissait.

Ce n'était pas un « non ». Si elle parvenait à le convertir à ses idées, peut-être pourrait-il convaincre ses frères que le massacre n'était pas la seule solution envisageable.

Mais ce qu'elle désirait avant tout, avec un égoïsme assumé, c'était sa propre liberté.

— D'accord, murmura-t-elle.

— D'accord quoi ?

— Je vous aiderai.

Elise lui tendit la main. Kian la considéra un instant, puis secoua la tête.

— Tu sembles avoir déjà oublié comment les faes passent un accord.

Il prit la paume que la jeune femme lui tendait et la tira hors de son fauteuil pour l'asseoir à côté de lui sur le canapé. Un couteau apparut dans sa main et la jeune femme comprit ce qui allait se passer.

— Encore du sang ? gémit-elle.

— Un tout petit peu.

Le sourire de Kian était si charmant qu'Elise ne réagit pas et ne sentit même pas la pointe de la lame lui entailler le bout du doigt. Il le porta à sa bouche chaude et, d'un coup de langue, fit naître des frissons brûlants le long de sa colonne vertébrale.

— Moi, Kian, le prince de sang des faes, je jure que, si Elise m'offre son sang de son plein gré et vainc ma malédiction, je la libérerai de son esclavage et assurerai sa sécurité jusqu'à la fin de ses jours.

La magie de ce serment enroula une corde invisible autour de la poitrine d'Elise, qu'elle comprima. Kian s'entailla le doigt et le lui présenta.

Trop tard pour revenir en arrière.

Le cœur battant la chamade, Elise prit la main du prince et porta son doigt à ses lèvres. Son sang, doré comme du miel, tourbillonna sur sa langue et des flammes apparurent dans ses yeux lorsqu'elle l'aspira lentement. Elle se hâta d'ôter le doigt de sa bouche.

— Moi, Elise, je jure d'offrir mon sang de mon plein gré à Kian, le prince de sang, en échange de ma totale liberté et de ma sécurité jusqu'à la fin de mes jours.

Le nœud se resserra encore plus autour de sa poitrine et lui coupa le souffle.

Kian grogna et se pencha jusqu'à ce que leurs fronts se touchent. Il lui prit les deux mains et la magie les entraîna.

— Nous avons un accord, déclara-t-il.

Il déposa un baiser furtif sur les lèvres d'Elise, puis la relâcha et se leva. Une fois à la porte de la chambre, il se retourna et lui adressa un regard si plein de sous-entendus que les cuisses de la jeune femme se crispèrent.

— Repose-toi, Elise. Je reviendrai ce soir pour te goûter à nouveau.

Chapitre 16

Après cette visite, Elise savait qu'elle ne parviendrait jamais à se rendormir. Elle s'habilla et se rendit à la bibliothèque, l'esprit hanté par des rois ancestraux, des sorcières et des cris d'agonie.

Elle aurait dû se douter que Kian n'avait pas entamé cette guerre par simple vanité ou par attrait du pouvoir. Il était trop calculateur pour cela. Sa douleur était bien plus profonde qu'elle l'aurait cru.

Elle se frotta les bras et repensa à toutes les fois où il l'avait regardée, indécis. Une force supérieure l'avait toujours empêché de la tuer malgré l'envie qu'il avait de la faire disparaître. Même avec les bracelets dorés qui lui enserraient les poignets, elle lui en était extrêmement reconnaissante.

Kian avait prouvé plus d'une fois qu'il éprouvait un instinct très protecteur envers elle. Elle-même avait bondi devant les soldats pour le sauver de la mort. Ce réflexe était-il dû à la magie d'Aisling ? Cela expliquerait beaucoup de choses. Mais une question cruciale demeurait en suspens : pourraient-ils encore se tuer mutuellement une fois la malédiction levée ?

En auras-tu encore envie? lui murmura une petite voix insidieuse.

Elise se massa la poitrine. La boule de tension qui s'y trouvait, qu'elle avait toujours attribuée à la magie de Kian, était plus grosse et plus chaude que jamais. Elle palpitait comme un battement de cœur supplémentaire dès qu'il approchait. C'était là aussi une chose dont elle serait heureuse de se débarrasser une fois libre.

Si elle parvenait à faire disparaître sa malédiction, Kian lui laisserait peut-être lui montrer que l'humanité n'avait pas que des mauvais côtés. *Ou bien il t'a dit ça pour obtenir ce qu'il veut.*

Une fois de retour parmi les livres, Elise commença à se sentir mieux. Elle était toujours en train de constituer des piles et de séparer les ouvrages magiques et dangereux des livres normaux. Cela n'avançait pas vite, car elle rangeait les volumes sur les étagères par ordre alphabétique, et devait sans arrêt en modifier le classement à mesure qu'elle en ajoutait. Elle ouvrit un livre d'une autre pile et faillit le lâcher sous le coup de la surprise. Sur les pages, le visage de Kian la regardait. Il était dessiné à côté de deux autres faes, probablement ses frères. *Les princes avant la malédiction.*

Le plus étonnant était les cheveux de Kian, d'un rouge éclatant, ainsi que ses bois noir et or. Il portait son armure dorée et une couronne de feuilles sur la tête. Il était très attirant actuellement avec ses traits d'une pâleur argentée, mais, sur ce portrait, il était magnifique à tomber, d'une beauté qui inspirait à la fois le respect et la peur.

Elise repensa alors à la silhouette de fae sur la carte de Chrissy et se retint de rire. Ce jour-là, elle ne s'était pas doutée de ce qu'était vraiment l'énergie masculine dont la carte avait voulu la prévenir.

Les frères de Kian étaient tout aussi beaux et terrifiants que son prince.

Sur la droite de Kian, elle découvrit Bayn, avec des motifs de givre sur son armure et une couronne de glace sur ses cheveux noirs aux reflets bleutés. Il ressemblait à un dieu de l'hiver, prêt à frapper à la moindre provocation.

Killian se trouvait sur la gauche de Kian. Il était le plus grand des trois frères, avec des cheveux noirs ébouriffés, des yeux verts et un sourire qui était une véritable invitation au péché. Des ailes couleur sable sortaient de son dos, terminées par des serres argentées. Son armure noire resplendissait, et sa tête était couronnée d'étoiles de la même couleur que ses serres.

Elise perçut un mouvement du coin de l'œil. Kian, assis dans l'alcôve de l'une des hautes fenêtres, faisait semblant de lire un livre. Elle fit comme si elle ne l'avait pas vu, referma son propre volume et le rangea sur l'étagère. Elle n'avait aucune idée de ce qu'il faisait là et n'avait aucune envie de le savoir. Il s'apprêtait probablement à la gourmander parce qu'elle ne prenait pas assez de repos à son goût.

Elle fit de son mieux pour l'ignorer, ainsi que la chaleur qu'elle sentait entre ses omoplates lorsqu'il la regardait. Elle commençait à s'habituer à la magie qui lui permettait de savoir quand il était dans les parages, même si cela la stressait toujours un peu. Elle espérait que cet effet disparaîtrait lorsqu'elle aurait enfin retrouvé la liberté et qu'il l'aurait débarrassée des bracelets dorés.

Elle se concentra sur sa tâche et, pour la première fois depuis sa captivité, s'autorisa à se demander ce qui avait bien pu arriver à son cottage. Salisbury n'était qu'à quelques minutes de route et elle espérait que les faes n'avaient pas réduit la ville en cendres.

Elle aurait pu le demander à Kian mais, maintenant qu'ils avaient passé un accord, elle ne voulait pas risquer de ranimer leur animosité. L'accord en question impliquait une certaine dose d'intimité et elle préférait s'épargner l'envie de le poignarder. Elle se figea, traversée par une pensée inconfortable. Lorsqu'il avait bu son sang, l'intensité du moment avait fait naître en elle une excitation presque irrépressible.

« *Je reviendrai ce soir pour te goûter à nouveau.* »

Elise lâcha son livre. *Je suis dans une merde noire!* Elle n'avait aucune envie de se pâmer comme une chatte en chaleur chaque fois que le prince viendrait boire à son cou. Le simple fait d'y penser faisait apparaître des gouttes de sueur sur sa peau.

Elle revint à l'instant présent et se pencha pour ramasser le volume qu'elle avait laissé tomber.

La chaleur du regard de Kian passa sur ses fesses et elle se redressa lentement. Elle n'était peut-être pas la seule à lutter contre le désir et la haine de l'ennemi qui s'affrontaient en elle. Le prince avait pu prendre la pleine lune comme excuse, mais il avait été aussi excité qu'elle la nuit précédente. Elle ferma les yeux et revécut le moment où il avait glissé la main dans sa culotte.

Mords-moi, Kian. Elle serra le livre jusqu'à en avoir mal aux doigts. Comme toujours, cette idée la ravissait et la dégoûtait à la fois.

« Ma fille, tu as de sacrés problèmes », lui dit la voix de Chrissy dans un petit coin de sa tête. Elise aurait voulu que son amie soit là pour la conseiller. Mais, la connaissant, elle se doutait de ce que Chrissy lui dirait : « Attends, c'est quoi le problème ? Saute dans le plumard de ce fae sexy pendant que tu en as l'occasion. »

Ce qui ne l'aidait en rien.

Elle était persuadée que, s'ils étaient allés si loin la veille, c'était à cause de la pleine lune. Elle avait annoncé à Kian qu'elle ne coucherait pas avec lui et il lui avait répondu que cela ne l'intéressait pas non plus. Ce souvenir était la douche froide psychologique dont elle avait besoin.

Elle rangea trois autres livres, déterminée à garder les yeux fixés sur sa liberté et pas sur ce qu'elle allait devoir faire pour la gagner.

Lorsque Kian frappa à sa porte dans la soirée, l'anxiété d'Elise n'avait cessé d'enfler et elle n'était plus qu'une loque aux nerfs à vif. Le prince, en revanche, était aussi calme et posé qu'à son habitude. La jeune femme éprouvait une grande frustration à l'idée d'être la seule à prendre la situation à ce point à cœur. Peut-être parce que c'était elle qui devait donner son sang. Kian, lui, prenait ce qu'il voulait, comme toujours.

— Comment te sens-tu ce soir, Elise ? lui demanda-t-il poliment en s'installant sur l'un des canapés.

— Très bien.

— Tu as mangé ?

Elise leva les yeux au ciel.

— Oui, maître.

— C'est pour ton bien-être et non pour le mien, esclave, répliqua-t-il.

Son agacement était une bonne chose. Elle devait garder leurs statuts respectifs en tête, car elle était de plus en plus à l'aise en sa présence et cela ne lui plaisait pas, pas plus que toutes les questions qu'elle avait envie de lui poser sur son passé, sur Faërie et sur l'époque pré-arthurienne.

— Bon, on peut en finir vite ? lui demanda-t-elle en jouant avec le coussin qu'elle tenait entre les mains.

— Elise, regarde-moi, lui ordonna Kian. (Elle obéit et vit que le prince avait l'air inquiet.) Je ne te ferai aucun mal. Tu ne dois pas avoir peur de moi. Je ne vais même pas te mordre.

— Ah bon ?

Elle ne savait pas si elle était soulagée ou déçue.

— Pas tant que ce ne sera pas nécessaire. Je ne pense pas que la malédiction remarquera la différence, mais j'aimerais m'en assurer. (Il sortit un couteau et prit le gobelet posé sur le plateau du dîner.) Donne-moi ton poignet.

Elise le lui tendit et ferma les yeux.

— Faites vite.

— Je ne suis pas sauvage au point de t'entailler sans te donner quelque chose pour apaiser la douleur.

La jeune femme entrouvrit un œil et le vit verser le contenu d'une fiole jaune sur son poignet, qu'il massa.

— C'est pourtant ce que vous avez fait le jour où nous nous sommes rencontrés.

Kian gonfla les narines, agacé.

— C'était différent. Tu venais d'essayer de me poignarder avec ma propre dague.

— Oui, je plaide coupable, dit-elle avec un rire nerveux.

Kian leva le couteau.

— Détourne les yeux si tu préfères.

Elise se concentra sur la pointe noire de ses bois. Elle sentit le métal froid contre sa peau mais, comme promis, il ne ressentit aucune douleur. Le prince pressa le bord du gobelet sur son avant-bras, puis le retira.

— C'est terminé, murmura-t-il tout en bandant la plaie.

— C'est tout ? lui demanda Elise, étonnée que cela se soit passé aussi vite.

— J'imagine que nous allons vite le savoir.

Kian ôta le bandage et posa deux doigts sur l'entaille. Il marmonna quelques paroles incompréhensibles et une lueur dorée apparut sur le poignet d'Elise. Lorsqu'il ôta les doigts, la coupure avait disparu.

— C'est incroyable, murmura la jeune femme.

Elle toucha sa peau. Il ne restait pas même une cicatrice.

— Non. Ce qui est incroyable, c'est que *tu* sois la clé de ma malédiction. Aisling doit se tordre de rire dans l'au-delà. (Kian prit le gobelet et le porta à ses lèvres.) Espérons que ça marchera.

— Cul sec.

Kian vida le gobelet. Ses yeux prirent une teinte dorée qui s'estompa presque aussitôt. Cela rappela à Elise le portrait qu'elle avait vu de lui dans le livre. Autrefois, ses yeux n'étaient pas rouges, mais dorés. Elle avait eu du mal à y croire mais, mise devant le fait accompli, elle devait bien admettre que son sang contrait la malédiction.

— Vous sentez une différence ? lui demanda-t-elle alors qu'il reposait le gobelet.

— Pas encore.

Il prit une mèche de ses cheveux entre ses doigts et la scruta avec intensité.

— Le résultat n'est peut-être pas immédiat ?

Kian, de plus en plus soucieux, se leva.

— Bonne nuit, Elise.

— Bonne nuit, parvint-elle à répondre avant qu'il sorte, la laissant face à la porte close.

Chapitre 17

Cela n'avait pas marché. Kian l'avait pressenti dès le moment où il avait bu au gobelet. Ce n'était pas la même chose. L'étincelle de magie et de feu était absente. Mais *pourquoi* ? Cela défiait la logique.

De retour dans sa tour, il compulsa les notes reprenant les paroles d'Aisling. Il n'en savait pas assez sur les compagnes et les volumes de sa bibliothèque ne lui seraient d'aucun secours.

Il s'entailla le doigt et dessina de nouvelles runes sur le miroir. Il avait besoin de parler à une personne plus âgée que lui et il ne connaissait qu'un seul fae correspondant à cette description.

Des ombres apparurent sur la glace et se muèrent en une nuée de plumes noires avant que Killian fasse son apparition.

— Enfin ! Mais t'étais où, putain !? s'exclama Kian.

Les yeux verts de Killian s'illuminèrent. Les ombres et les plumes disparurent, et il ne resta plus dans la glace que le colossal frère aîné du prince, avec son sourire satisfait habituel sur les lèvres.

— J'étais occupé. Je voulais visiter la nouvelle Angleterre avant qu'on la détruise, répondit-il avant de boire au goulot de sa bouteille. Tu as l'air crevé. Je pensais que tu serais ravi, au contraire, après ces semaines passées à baigner dans le sang de nos ennemis.

— J'ai des questions à te poser… sur les compagnes.

Kian avait du mal à prononcer ces mots, car il détestait se retrouver en position de faiblesse.

Killian plissa les yeux.

— Qu'est-ce que tu as fait, Kian ?

— Je crois… Enfin, je sais que…

— Allez, crache le morceau.

— J'ai trouvé ma compagne ! s'écria Kian.

Sa voix était hystérique, au diapason de ce qu'il ressentait. Killian perdit aussitôt son expression agacée et moqueuse. Il écarquilla les yeux, termina de vider sa bouteille et en prit une nouvelle.

— Comment peux-tu en être sûr ? finit-il par demander.

— J'ai invoqué Aisling parce que j'ai capturé une fille. Une femme, plutôt. Elle me rend dingue, Killian, et je ne sais pas quoi faire. Je n'arrive pas à la tuer.

— Baise-la, alors, décréta Killian avant d'éclater de rire devant l'expression effarée de son frère. Ne me regarde pas comme ça. Quelles que soient les circonstances, je te conseillerai toujours de la baiser, parce que ça fait plus de mille ans que je ne peux plus toucher personne.

— Un peu de sérieux, Kill. Elle peut lever ma malédiction. Tu sais ce que ça signifie ? Que des compagnes vous attendent peut-être aussi quelque part, Bayn et toi.

— Tu oublies que je n'ai pas envie d'être sauvé. Je veux en finir, Kian.

— C'était ce que je voulais moi aussi ! C'est pour ça qu'on a lancé cette guerre contre les humains. Pour se venger. Geler Albion. Laisser l'obscurité l'envahir jusqu'à ce que les humains s'en aillent et abandonnent l'île aux faes. Nous pourrions alors y mourir en paix et tout serait enfin terminé, dit Kian en se passant les mains dans les cheveux. Mais tout est en train de changer. *Je* suis en train de changer ! Je ne peux rien y faire et je ne sais pas comment gérer la situation. Elle m'a trouvé. Le destin ou la malédiction nous ont mis face à face et, depuis, je ne sais pas comment me débarrasser d'elle.

— Calme-toi, petit frère, soupira Killian. Les compagnes… Grands dieux, comme si nous n'étions pas assez maudits comme cela ! Laisse-moi réfléchir. (Il vida la moitié de sa nouvelle bouteille avant d'abaisser le goulot.) Tu es foutu. Désolé d'être aussi direct, mais c'est la vérité. Vous ne pourrez jamais vous libérer l'un de l'autre, même si c'est ce que vous souhaitez le plus au monde. Tu as déjà commencé à te comporter comme un ours surprotecteur ? Tu cherches à combler tous ses désirs ? Tu as envie de tuer tous ceux qui la regardent de travers ?

Kian n'avait même pas à répondre. Killian avait déjà tout deviné, ce qu'il confirma par un petit ricanement.

— La ferme, Kill ! C'est pas drôle.

— Oh que si ! Toi qui ne perdais jamais le contrôle… Le grand stoïque. Si tu avais voulu la couronne, je te l'aurais donnée, parce que tu as toujours été le plus responsable de nous trois. Ça fait plaisir de voir que tu n'es pas parfait après tout. Cette fille doit vraiment être époustouflante.

— Le sang de Hengist coule dans ses veines.

Cette réponse était la plus inappropriée possible. Killian cessa aussitôt de rire.

— Je suis désolé, Kian. Aisling avait vraiment vu juste avec cette histoire de faille. On va peut-être devoir revoir nos plans.

— Comment ça ? demanda Kian, surpris.

— Ben, ta compagne est humaine. J'imagine qu'elle n'a pas très envie que tu éradiques son espèce, n'est-ce pas ? Aisling nous a toujours conseillé de tenter de signer un nouveau traité avec les humains. Bayn et toi étiez les plus farouches opposants à cette option. Les humains sont déplorables, mais ils ont leurs bons côtés. (Killian leva sa bouteille.) Leur alcool est bien meilleur qu'avant, et leur musique… je ne t'en parle même pas. Si tu arrêtais de tout démolir et que tu prenais le temps d'explorer un peu, tu trouverais peut-être des choses qui te plairaient cette fois.

— J'ai l'impression d'entendre Elise. Elle a utilisé le même argument pour tenter de me convaincre, dit Kian, surpris par cette coïncidence.

— Ta compagne respire la sagesse, on dirait.

— C'est le cas. (Kian croisa les bras, puis les décroisa.) Et je crois que je m'attache à elle. C'est déconcertant.

— Si tu ne veux pas d'elle comme compagne, tu pourrais peut-être nous présenter ? Le lien est transférable d'un frère à l'autre, si ça se trouve.

Les canines de Kian s'allongèrent et il poussa un grognement agressif. Killian, qui était en train de boire, avala sa gorgée de travers et fit de son mieux pour ne pas éclater de rire.

— Oh, bon sang ! votre lien est bien présent, ça ne fait aucun doute. Tu lui en as parlé ? demanda-t-il, ses yeux brillant de malice.

— Non. J'ai seulement réussi à la convaincre de me donner son sang pour lever ma malédiction. J'ai dû utiliser sa liberté comme levier.

— Attends, tu as réduit ta compagne en esclavage ?

Killian avait retrouvé tout son sérieux et semblait horrifié, ce qui était très rare chez lui.

— C'est plutôt l'inverse, Kill. Je l'ai capturée pendant un raid et ensuite j'ai découvert qu'elle était ma compagne.

Killian se pinça l'arête du nez.

— Je sais que tu te conduis naturellement comme un enfoiré, petit frère, mais, là, ça dépasse l'acceptable.

— Va te faire foutre. Tu n'as aucune idée de ce que je traverse. Elle me déteste, Kill. Elle a tenté de me tuer et je suis sûr que, dès que je lui aurai ôté les bracelets, elle recommencera. Je dois faire en sorte qu'elle reste liée à moi jusqu'à ce que la malédiction soit levée.

— Peut-être qu'elle arrêterait d'en vouloir à ta vie si tu cessais de te conduire comme un gros con, répliqua vertement Killian. Les couples sont unis par des liens que tu ne peux même pas imaginer. Tu dois accepter le fait qu'aucun retour en arrière n'est possible. Elle est à toi. Tu es à elle. Tu ne peux plus rien y faire. C'est comme ça que ça marche. Tu ne désireras plus jamais d'autre femme, alors sors-toi la tête du cul et traite-la comme elle le mérite. Le fait que le sang de Hengist coule dans ses veines n'a aucune importance. C'est à toi qu'elle appartient, pas à lui. Si elle te déteste, à toi de corriger ça, Kian. Séduis-la, charme-la, chéris-la. Même si elle parvient à détruire ta malédiction, si elle te quitte ensuite, ça te tuera.

— J'ai l'impression qu'elle est déjà en train de me tuer à petit feu, avoua Kian.

Elise avait chamboulé tout son être et rien ne semblait réussir à le guérir.

— Si elle parvient à ses fins, je te promets que je m'occuperai bien d'elle, le taquina son frère, qui n'avait pas son pareil pour le faire sortir de ses gonds.

— T'es nul pour les conseils, maugréa Kian.

— Sans blague. T'es bien placé pour le savoir. (Sa gaieté disparut de nouveau et le terrible prince de la nuit, que tous les faes craignaient, apparut à la surface.) Saisis cette occasion pendant qu'elle est à ta portée, Kian. De nous trois, c'est toi que notre peuple admire le plus. Notre but a toujours été de lui offrir une vie meilleure. Ne l'oublie pas.

— Jamais je ne l'oublierai.

— Tant mieux. Embrasse ma nouvelle belle-sœur de ma part.

Sur ces mots, Killian lui adressa un clin d'œil et disparut.

— N'importe quoi ! marmonna Kian.

Cela n'empêchait pourtant pas son frère d'avoir raison. Séduire Elise était une solution tout à fait viable. Avant la malédiction, Killian lui-même séduisait tous les jupons qui attiraient son attention.

Comment une humaine parvenait-elle à le mettre aussi mal à l'aise, à le rendre aussi impuissant ? Si cela continuait, Elise le mettrait à genoux et le piétinerait. Et, pire encore, il la laisserait faire.

Kian parvint à éviter Elise tout au long de la journée. Il n'approcha pas de la bibliothèque, car son lien lui disait que c'était là qu'elle se trouvait pour travailler. Il aimait voir son expression passer de la curiosité à la joie lorsqu'elle ouvrait un livre, mais passer ses journées à observer une femme qui ne savait pas qu'elle était sa compagne ne faisait pas partie de ses priorités.

Depuis l'autre bout de la table, Fionn regardait son prince comme s'il cherchait à comprendre ce qui avait changé chez lui au cours des derniers jours.

— Les enfants ont-ils déjà franchi le portail ? lui demanda Kian.

Il voulait mener cette réunion à son terme aussi vite que possible. La nuit commençait à tomber et il était rongé par l'impatience à l'idée de voir Elise.

— Oui, ils sont tous passés hier soir et nous les avons placés au sein des différentes familles. Ces dernières vous envoient leurs remerciements pour avoir tenu parole et organiseront une fête en votre honneur à votre retour à Faërie, lui rapporta Fionn.

— Merci, tu peux disposer, lui répondit Kian en lui faisant signe de sortir.

— Si je peux me permettre, mon prince, je me dois de vous informer que certaines rumeurs circulent parmi les guerriers.

— Des rumeurs de quelle nature ? grommela Kian entre ses dents.

S'il s'agissait de soucis d'insubordination ou de troubles dans les rangs, le moment était très mal venu.

— L'attachement que vous témoignez à votre esclave humaine est source d'inquiétudes. Vous avez mutilé l'un de nos meilleurs guerriers à cause d'elle et votre réaction n'a pas été prise à la légère.

Fionn semblait nerveux, ce qui était sage de sa part.

— Mon esclave humaine ne regarde personne d'autre que moi. J'ai puni Aiden parce qu'il a touché une chose qui ne lui appartenait pas. Il est hors de question que mes guerriers me manquent de respect sous mon propre toit. Pour moi, cette humaine n'est rien d'autre qu'une source de nourriture. J'aime le goût de son sang, expliqua froidement Kian. Fais taire les rumeurs, Fionn. Tu es mon général après tout. Ce n'est pas à moi de réprimander mes guerriers comme de vilains garnements.

— Maître.

Fionn s'inclina bien bas et se hâta de sortir, ce qui, là encore, était très judicieux.

Kian avait trop de soucis pour réfléchir à la manière d'étouffer les rumeurs. Il avait passé la journée à ruminer les paroles de Killian. Cela devenait une obsession, ce qui n'était jamais une bonne chose.

Il avait mesuré le rouge de ses cheveux pour avoir un point de repère. Récupérer le sang d'Elise dans une coupe pour le boire ne fonctionnait pas. Il devait lui inspirer une confiance suffisante pour le lui prendre directement, mais il n'avait aucune idée de la façon dont il allait s'y prendre. Jamais il n'avait vu Elise aussi nerveuse que la veille au soir. Cette rencontre un soir de pleine lune avait terrifié la jeune femme. À juste titre, d'ailleurs. Lui-même en avait été effrayé.

Kian, un verre de vin à la main, était en pleine réflexion devant l'âtre lorsqu'il entendit un petit coup timide frappé à sa porte.

— Entrez.

Il s'attendait à voir Hedera, ou, pire encore, Fionn qui revenait l'enquiquiner. Mais ce fut Elise qui entra dans ses appartements et il resta figé de surprise. Ses cheveux lâchés cascadaient en longues boucles noires sur son épaule et, lorsque son odeur de fleur et de sexe lui chatouilla les narines, l'eau lui vint à la bouche.

— Bonsoir, dit-elle.

Elle était nerveuse, mais au moins elle était là.

— Tu veux un peu de vin ? lui proposa Kian, qui faisait de son mieux pour cacher la joie que lui causait son arrivée.

— Ce serait parfait, merci. (Kian lui indiqua un siège et elle s'assit avec un sourire timide.) Je me disais que ce serait bien que je passe chez vous. Je ne vous ai pas vu de la journée et je me demandais s'il y avait eu des changements dans la malédiction.

— Malheureusement non, répondit-il en lui tendant un gobelet.

Il s'assit à côté d'elle. Comme la jeune femme ne tressaillait pas et ne cherchait pas à s'éloigner, il ne bougea pas et prit soin de ne pas la toucher. Elle but son vin tout en étudiant ses appartements avec une curiosité palpable.

— Vous savez ce qui a cloché ? finit-elle par lui demander.

— J'en ai parlé à mon frère. Selon lui, c'est parce que je n'ai pas bu directement à ta veine, lui mentit-il.

Puisqu'il devait jeter quelqu'un en pâture, mieux valait Killian que lui.

— Oui, c'était ce que je me disais moi aussi, répondit Elise, ce qui le surprit une nouvelle fois. Je n'y connais rien en magie, mais je sais reconnaître les sensations et le goût de la vôtre. Quand vous prenez mon sang directement, je la sens, mais, hier soir, je n'ai rien perçu.

— Tu es une petite futée, hein ? lui dit-il sans pouvoir s'empêcher de lui sourire.

— Je suis pleine de surprises, vous verrez.

— C'est ce que je constate chaque jour, Elise, admit-il, ce qui la fit rire. Le fait que tu entres dans ma chambre sans la moindre gêne, par exemple, c'est le pompon.

— Je sais que c'est effronté de ma part, mais je voulais voir où vous habitiez et, comme vous ne pouvez pas me tuer pour l'instant, ça me donne du courage, lui avoua-t-elle. Et si vous devez me mordre je préfère ne pas traîner. Si j'attends que vous me rendiez visite, ça va me travailler pendant des heures.

— Méfie-toi, Elise. Si tu continues sur cette voie, je vais finir par croire que tu as *envie* que je te morde.

Elle rougit et cela la rendit si belle qu'il eut du mal à ne pas détourner les yeux.

— J'ai très envie d'être libre, déclara-t-elle avec raideur. (Elle vida son gobelet, le posa sur une petite table, puis lui tendit son adorable cou blanc.) Allez-y. Je suis prête.

— Tu n'es pas une adepte des préliminaires, à ce que je vois.

— Vous allez boire mon sang. Ça n'a rien à voir avec le sexe, lui expliqua-t-elle aussitôt.

Oh, Elise, comme tu as tort! Mais il n'avait aucune intention de la détromper ou de la faire fuir en la terrorisant.

— Bien sûr que non. Tu n'as rien à craindre de moi. Je n'ai jamais rien pris de force et ce n'est pas aujourd'hui que je vais commencer.

Il écarta une boucle rebelle sur la nuque d'Elise. Sa peau était chaude et douce sous ses doigts, et il avait envie de passer les mains sur tout son corps. La jeune femme ferma les yeux en faisant papillonner ses paupières, et il la prit par les épaules avec douceur.

Les mots de Killian lui revinrent. « *Séduis-la, charme-la, chéris-la…* »

— Détends-toi, Elise. Je ne te ferai aucun mal, murmura-t-il en faisant glisser ses lèvres le long de sa gorge.

— Je sais.

Elle posa les mains sur son torse. Elle avait vraiment confiance en lui… Malgré tout ce qui les opposait, lorsqu'elle se retrouvait dans ses bras, elle savait qu'elle lui appartenait. Son corps, tout comme le sien, le sentait d'instinct, même si son esprit et son cœur se rebellaient contre cette notion.

Ce fut à cet instant fatidique que Kian comprit qu'il était prêt à tout pour posséder ces trois choses : son corps, son esprit et son cœur.

— Bon, Kian, c'est pour aujourd'hui ou pour demain ?

Il lui perça la peau de la pointe des canines et elle poussa un petit gémissement. Il aspira son sang irrésistible dans son propre organisme en tentant de ne pas céder à la folie du moment. Le désir primitif qu'il avait de l'immobiliser sous lui éveillait le prédateur qui était en lui. La bête en voulait plus.

Elise glissa les mains jusqu'à ses épaules et s'abandonna sur les coussins du canapé. C'était un geste de reddition face à lui. Le feu, le miel, la damnation, toutes ces sensations rugissaient en lui à mesure qu'il avalait son sang, dont le pouvoir intrinsèque calcinait les racines de sa malédiction.

Il fallait qu'il arrête. Il ne voulait pas en boire trop et la vider de ses forces, mais il n'avait aucune envie de la relâcher. Il passa la langue sur la morsure et les petites mains d'Elise s'enfoncèrent dans ses cheveux. Elle poussait des petits halètements brûlants contre son oreille et il sentait l'odeur de son excitation. Un désir fou et implacable le consumait, mais il refusait de la forcer. Il avait beau être le roi des salopards, il avait tout de même des frontières qu'il se refusait de franchir.

Il lécha donc le sang autour de la plaie et releva la tête à contrecœur malgré les doigts d'Elise qui s'accrochaient à ses cheveux.

— Elise… tu vas bien ?

— Oui. Juste… une seconde, répondit-elle sans ouvrir les yeux.

Kian se leva, ouvrit un baume et en étala une noisette sur la morsure. Elise émit un petit bruit étouffé, qui pouvait être de douleur ou de plaisir.

— Demain matin, on ne verra plus rien, l'assura-t-il.

Les longs cils d'Elise frémirent, puis elle ouvrit les yeux. Ses pupilles étaient dilatées par le désir et son regard transperça Kian jusqu'au fond de l'âme. Elle ne se doutait pas du risque qu'elle prenait.

Personne ne l'avait jamais regardé de cette façon.

— Tu es sûre que tu te sens bien ?

Il devait partir pendant qu'il en était encore capable.

— Ouais. Je ne sais pas si on vous l'a déjà dit, mais, se faire mordre comme ça, c'est une expérience incroyable.

— Non, personne ne me l'a jamais dit.

En grande partie parce qu'elle était la seule personne qu'il avait jamais mordue ainsi. Généralement, lorsqu'il prenait du sang à quelqu'un, la personne s'entaillait le poignet et laissait le sang couler dans un verre. Il lui arrivait aussi d'en prendre une gorgée à un ennemi mort. Mais il était inutile qu'Elise sache tout cela.

— C'est bien le cas. J'ai l'impression d'avoir consommé de la drogue ou de l'alcool. C'est dur à expliquer.

— Prends tout ton temps.

Kian se détendait à présent et leurs genoux se touchèrent.

— Attention, maître, vous ne voulez pas que nous devenions trop intimes, vous vous rappelez ? dit-elle en fermant de nouveau les yeux.

— Il est un peu trop tard pour cela, esclave. J'attends le retour de mon mépris, mais, malheureusement, il refuse de revenir.

Elise répondit avec un petit rire rauque qui lui donna des frissons.

— Je connais cette sensation. Je commence à me dire que vous haïr était plus facile.

— Tu ne me détestes plus ? lui demanda Kian, le cœur comprimé par l'espoir.

Elise ouvrit un œil.

— Pas autant que je le devrais, tant s'en faut. Bon sang, qu'est-ce que vous avez mis dans ce vin !? Je n'aurais pas dû vous le dire. Vous allez vous en servir contre moi.

— Tu veux que je te dise un secret ?

Cette question éveilla l'intérêt de la jeune femme.

— Oui.

— Moi non plus, je ne te déteste pas autant que je le devrais, lui avoua-t-il.

Le sourire avec lequel elle lui répondit était la plus belle chose qu'il ait jamais vue.

Chapitre 18

Elise n'avait pas prévu d'aller à la rencontre de Kian ce soir-là. Nerveuse, elle avait erré dans le château et avait fini par se rendre chez lui. Elle identifiait de mieux en mieux la magie qui manipulait le monde qui l'entourait et elle sentait encore plus son influence depuis la pleine lune.

Mais qu'est-ce qui m'arrive? Elle avait l'impression de se précipiter à l'aveugle vers un sort inconnu qu'elle n'était pas sûre de vouloir expérimenter. Elle était aussi certaine de pouvoir percevoir les mouvements de Kian dans le château. Si elle fermait les yeux et tournait sur elle-même, elle était sûre de tomber droit sur lui.

Et, même si elle ne le connaissait pas si bien que cela, elle devinait qu'il avait changé lui aussi. Il faisait preuve envers elle d'une sollicitude inédite. Il avait besoin d'elle pour vaincre sa malédiction et faisait tout pour ne pas la contrarier.

Allongée sur son lit, les yeux fixés sur le baldaquin en soie, elle fit abstraction de son animosité pour tenter de mettre en ordre le fouillis de ses émotions.

Elle commençait à se sentir changée. Coupée du reste du monde, elle était déconnectée de son passé et devenait… quelqu'un d'autre. Elle n'avait aucune famille, à part une cousine, qui n'avait rien à craindre car elle vivait en Norvège, loin de l'Angleterre. Plusieurs choses lui manquaient : Chrissy, le British Museum, un bon expresso et sa liseuse électronique. Mais le reste… pas vraiment.

Son pragmatisme l'avait aidée à prendre le contrôle d'une situation impossible et à survivre. Certes, elle était toujours une esclave mais, malgré le fait qu'elle n'avait pas le droit de partir, elle n'était plus maltraitée. Même avant la pleine lune, Kian se montrait protecteur envers elle. Elle avait essayé de le poignarder mais n'en avait pas été capable. Lorsqu'il ne la provoquait pas, elle appréciait même sa compagnie. Elle savait que Kian était un salopard sans pitié, capable d'actes de violences qui lui donneraient des cauchemars jusqu'à la fin de ses jours, mais elle savait aussi qu'il n'agissait jamais sans raison.

Kian embrassait aussi comme un démon et lui avait donné un orgasme si intense qu'elle en tremblait encore de peur.

Je ne suis quand même pas en train de tomber amoureuse ? Kian était un psychopathe. Et elle aussi, peut-être. Il l'avait traquée la nuit de la pleine lune et, lorsqu'il lui avait dit qu'elle aimait cela autant que lui, cet enfoiré avait eu raison.

Elise enfouit la tête sous son oreiller et poussa un grognement de frustration sexuelle et de gêne. Elle n'était pas de nature prude, mais jamais elle n'avait été attirée par les morsures ou les jeux de domination. Elle n'avait jamais eu de partenaire aussi aventureux de toute façon.

Comme s'il devinait qu'elle pensait à Kian, l'endroit où il l'avait mordue se mit à palpiter et à irradier des petits éclairs de plaisir. Elle savait à quoi ressemblait la morsure de Kian lorsqu'il perdait le contrôle. Cela donnait des sensations à la fois terrifiantes, excitantes et douloureuses, mais que se passait-il lorsqu'il le faisait en douceur ? Elle n'avait pas eu mal. La douleur avait été générée par l'effet que la morsure avait eu sur elle. Son bas-ventre avait fondu, dévasté par une envie irrépressible de le toucher, de le goûter.

Les bras autour du prince, le visage collé dans ses cheveux, Elise avait eu l'impression de respirer correctement pour la première fois depuis la pleine lune. Elle avait senti les muscles de Kian se détendre sous ses doigts. Elle ne pouvait pas être la seule à ressentir une telle chose.

« Moi non plus, je ne te déteste pas autant que je le devrais. »

Combien de fois allait-il devoir boire son sang pour lever la malédiction ? Elise se mit à trembler sous les draps, car elle savait qu'elle ne parviendrait plus très longtemps à cacher ses sentiments.

Je suis dans un état lamentable.

Peut-être était-ce pour cela que, dans les histoires, on disait toujours qu'il fallait se méfier des faes.

Ils éveillent en vous un tel désir que vous seriez prêt à les suivre à Faërie et à ne jamais en revenir.

Le lendemain, Elise, les yeux bouffis de sommeil, eut du mal à se réveiller. Elle avait passé des heures à s'agiter dans son lit, tiraillée par la haine et le désir qu'elle éprouvait pour le prince.

La bibliothèque, en revanche, était chaque jour mieux rangée. Elise était fière de son travail et avait préparé pour Kian une liste du matériel dont elle aurait besoin pour restaurer les volumes endommagés.

Ses sentiments pour le prince fae étaient peut-être conflictuels, mais son amour grandissant pour la bibliothèque était bien réel. Elle aimait les arbres et les créatures sculptées dans le bois des rayonnages et les chants inoubliables des oiseaux à certaines heures de la journée.

Elle aimait l'odeur des livres de magie, qui sentaient non pas l'encre et le papier, mais les fleurs et les épices. Les livres fabriqués à Faërie donnaient l'impression d'être conscients par rapport à ceux du monde humain, qui paraissaient morts en comparaison. Elise voulait demander à Kian si cela avait quelque chose à voir avec la manière dont le papier était préparé. Elle voulait connaître l'essence des arbres dont il était tiré et les secrets de fabrication des encres et des pigments. Chaque jour qui passait attisait un peu plus sa curiosité.

S'ils ne s'étaient entre-tués le jour où la malédiction disparaîtrait, peut-être l'autoriserait-il à terminer son travail à la bibliothèque ? Salisbury se trouvait à une dizaine de minutes de route du château, la distance idéale pour un trajet quotidien. Mais cette pensée était ridicule, car elle savait qu'en dehors de l'enceinte du château les humains et les faes se battaient sans merci. La Troisième Guerre mondiale avait peut-être éclaté et elle n'avait aucun moyen de le savoir.

Soudain, on la saisit par les bras pour la plaquer contre la table. Tout s'était passé si vite qu'elle n'avait même pas eu le temps de crier.

— Sale humaine ! grogna Fionn en appuyant la pointe de son couteau sous son oreille.

— P-par pitié, ne me faites pas de mal, balbutia Elise contre la table.

— Dis-moi la vérité, humaine. Qu'est-ce que tu es pour le prince ?

— Une esclave, comme vous pouvez le voir.

— Mensonge. Vous vous retrouvez dans sa chambre ou dans la tienne la nuit. Il te baise ?

— Non ! (Elise tenta de relever la tête, mais Fionn l'en empêcha.) Pas du tout. Il boit mon sang pour contrer sa malédiction.

Elle sentit l'acier froid de la lame appuyer encore plus contre sa peau. Fionn était collé à elle et elle en tremblait de dégoût.

— Mens-moi encore une fois et je te tranche la gorge. Ça fait des siècles que je vois le prince boire du sang. Jamais cela ne l'a aidé en quoi que ce soit contre sa malédiction.

— Demandez-le-lui ! Tout ce que je sais, c'est qu'il boit mon sang et que, le lendemain, ses cheveux sont un peu plus rouges. C'est tout. Je ne suis rien pour lui.

— Tu effaces sa malédiction. (Fionn était ébahi et semblait avoir perdu toute sa confiance en lui.) Si tu lui parles de cette petite conversation, je te tuerai d'une manière que tu ne peux même pas imaginer.

Il poussa une dernière fois Elise et disparut. La jeune femme se releva, toute tremblante.

— Tu ferais bien de te méfier de celui-là, lui dit Hedera.

Elle venait d'apparaître derrière une étagère, et posa un plateau de thé et de fruits sur la table.

— Je ferais bien de me méfier de vous tous, répliqua Elise en remettant ses vêtements en ordre.

— Très juste, grogna Hedera. Nous avons de bonnes raisons de détester les humains.

— Je sais, mais, moi, je ne vous ai rien fait. Je n'ai pas demandé à devenir une esclave ou à ce qu'on me menace de me transformer en tourte.

Hedera sourit de toutes ses dents pointues et émit une sorte de sifflement qu'Elise finit par identifier comme étant un rire moqueur.

— C'est toujours ce qu'on devrait faire de toi, selon moi, mais le maître n'est pas du même avis et, même si je ne t'aime pas, j'obéis à ses ordres, répondit-elle, les mains sur les hanches. Fionn commence à prendre la grosse tête. Il se lasse de l'autorité du maître, d'autant plus que le prince semble plus intéressé par toi que par la mort des humains. Tous les guerriers faes ne sont pas dignes de confiance, mais Fionn est le pire de tous.

— Qu'est-ce que cela peut bien te faire si Fionn s'en prend à moi ?

— Ça déplairait au maître, donc ça me déplaît. Le maître est le plus rusé et le plus dangereux de nous tous. S'il s'intéresse à toi, c'est forcément pour une bonne raison. (Hedera se remit à pousser son rire sifflant.) Même si, à terme, j'ai peur que ce ne soit pas très bon pour toi.

Chapitre 19

— Pourquoi me mens-tu, Elise ? Ce que tu dis n'est pas possible, protesta Kian plus tard dans la soirée.

— Je vous jure. Ils proviennent d'une culture ancestrale, en Assyrie. Des lions ailés qui gardaient l'entrée d'un temple. Il y a aussi des sarcophages égyptiens, l'une des plus anciennes cultures au monde. Je peux vous les montrer si vous voulez. Enfin, à condition que vos guerriers n'aient pas mis le feu au British Museum.

Kian secoua la tête.

— Je leur ai interdit le pillage. Tout sera encore là. Quand j'aurai plus confiance en toi, j'envisagerai peut-être de t'y emmener.

Kian avait fait de son mieux pour ne pas s'intéresser à ce qu'Elise lui avait raconté pendant le dîner. La jeune femme savait que sa plus grande chance était de faire appel à sa curiosité. La multitude de questions qu'il lui posait lui indiquaient que cette tactique fonctionnait. Lorsqu'elle lui ferait visiter un musée, il n'en reviendrait pas. Les concepts de bibliothèques publiques, d'orchestres classiques et de galeries d'art le fascinaient. Là encore, la légende s'avérait fondée : les faes étaient dotés d'un grand sens esthétique et appréciaient l'art et la musique.

Tandis qu'ils discutaient des techniques de médecine moderne (sujet sur lequel les connaissances d'Elise étaient minimales), elle se rendit compte que, si les choses continuaient ainsi, elle ne tarderait pas à avoir de l'affection pour Kian. Il avait le sens de l'humour et faisait preuve d'une intelligence très acérée. Il assimilait sans mal tous les concepts, même les plus ardus, et elle finit par se demander quelle quantité d'informations il pouvait ingurgiter avant de mettre les pouces. Comme elle regrettait de ne pas disposer d'une tablette et d'une connexion Internet ! Là, elle l'aurait *vraiment* laissé sans voix.

Ils étaient installés dans une petite salle à manger privative reliée aux appartements du prince. Pour Elise, il était étrange de partager le repas de Kian tout en discutant d'histoire humaine et de culture. La conversation était agréable et, à la lueur feutrée des bougies, cela avait tout d'un rendez-vous amoureux.

Elle voulait lui parler des menaces de Fionn. Cela lui brûlait la langue, mais elle n'osait pas, car le fae lui avait dit qu'il la tuerait si elle disait quoi que ce soit. Contrairement à Kian, Fionn n'hésiterait pas, car il n'avait pas besoin d'elle. Hedera lui avait dit qu'il ne savait pas rester à sa place, mais Elise était persuadée que Kian l'écraserait comme un insecte s'il tentait de se rebeller.

— Vous avez combien de rouge en plus dans vos cheveux aujourd'hui ?

Kian avait natté sa longue crinière et elle mourait d'envie d'en détacher une mèche.

— J'ai gagné cinq centimètres. J'avais renoncé à trouver un remède à cette malédiction et je m'étais résigné à mourir. Maintenant que l'effet s'inverse, je me sens perdu.

Waouh ! c'est une sacrée confession qu'il vient de me faire.

— Il n'y a pas des choses que vous avez toujours eu envie de faire ? des trucs que vous regrettez de n'avoir jamais essayés ? C'est le moment de les concrétiser. Le monde humain a énormément changé. Vous pouvez désormais l'explorer sans limite.

Kian lui adressa un sourire à peine entendu.

— Dit comme cela, c'est intimidant. J'aurai peut-être besoin d'un guide, de quelqu'un pour m'aider à me repérer dans cette nouvelle époque.

— Vous trouverez sans problème. Je suis sûre que les volontaires se bousculeront au portillon. Enfin, dès que vous cesserez d'essayer de les massacrer, bien entendu.

Le front de Kian se plissa.

— Je voulais dire que, ce guide, ce pourrait être toi.

Un petit frisson de bonheur inattendu la parcourut.

— Ah ? Je croyais que je vous dégoûtais.

Kian retrouva son sourire.

— Certes, mais moins que tes congénères.

— Inutile de vous forcer à m'inonder de flatteries. Les faes sont censés être des maîtres dans l'art de la séduction.

— C'est mon frère Killian que tu décris là. Moi, j'ai d'autres… talents.

Elise avait très envie de savoir lesquels, mais elle ne voulait pas lui faire le plaisir de le lui demander.

— Dans ce cas, Killian aura peut-être plus de chances de me convaincre de jouer les guides touristiques, le taquina-t-elle.

Aussitôt, Kian se figea, et une vague de colère et de magie explosa hors de lui. Il crispa les doigts, et les bras de son fauteuil commencèrent à s'effriter sous sa poigne.

Merde !

— Tu es à moi. Pas à Killian. Tu n'iras nulle part avec lui, grogna-t-il alors que ses canines s'allongeaient.

— C'était une plaisanterie, Kian, dit-elle d'une voix aussi posée qu'elle le pouvait. Mais, quand je serai libre, j'irai où je voudrai et *avec qui* je voudrai.

— C'est ce que tu crois ?

Elise n'appréciait pas du tout son petit ton arrogant.

— Tout à fait. Vous avez promis de me libérer de l'esclavage. Les faes ne peuvent pas revenir sur leur parole.

La magie palpitait dans son sternum et l'attirait vers le prince, comme si elle essayait de s'échapper de sa poitrine.

Avec un petit grognement, Kian agrippa le fauteuil de la jeune femme et l'attira vers lui jusqu'à ce que leurs genoux se touchent, puis lui prit le visage entre ses mains chaudes et dures.

— J'ai juré de te libérer de l'esclavage, en effet, ronronna-t-il en frottant sa joue contre celle de la jeune femme. (Elle sentit son souffle chaud lui chatouiller l'oreille et il posa les lèvres juste derrière.) Mais tu ne seras jamais libérée de *moi*.

Profitant de sa distraction, Elise attrapa le couteau à côté de son assiette et l'appuya contre la gorge du prince.

— Pourquoi ? lui demanda-t-elle.

Kian ne fit rien pour se dégager, même si elle n'avait qu'un seul geste à faire pour lui trancher la gorge.

— Tu *sais* pourquoi, Elise. Tu as beau refuser l'évidence et lutter contre tes sentiments, tu le sais, murmura-t-il.

Kian leva la tête pour lui permettre de plonger le regard dans ses yeux violets striés d'or. La magie recommença à palpiter dans la poitrine d'Elise, se tendant vers lui.

— Je vous déteste, grogna-t-elle entre ses dents avant d'accentuer la pression de la lame.

— C'est peut-être ce que tu souhaites, mais ce n'est pas la vérité. Tu as envie de moi, lui assura-t-il avec son petit sourire sûr de lui.

— Je n'ai *pas* envie de toi, lui siffla-t-elle au visage.

Un filet doré s'écoulait de la petite entaille sur la gorge du prince. La vue de son sang fit paniquer Elise, mais elle tint bon. Kian posa sa grande main sur son ventre, entre ses côtes, à l'endroit même où la boule de magic la brûlait comme un soleil. Il lui prit la main et la plaça sur son propre torse, au même point, et Elise sentit les larmes lui monter aux yeux. Il n'avait plus son sourire satisfait et son attitude arrogante.

— Bien sûr que si.

— C'est la magie de notre accord qui me joue des tours. (Elle avait du mal à respirer et appuya le front contre le sien.) Ce n'est qu'un autre aspect de la malédiction. Vous ne sentez pas cette horrible chose qui me consume de l'intérieur parce que c'est vous qui l'avez générée.

Kian lui prit le poignet et éloigna le couteau de sa gorge. Elise était penchée vers lui, le genou posé sur le fauteuil, entre ses cuisses.

— Je la sens aussi. Ce n'est pas ma magie et cela n'a rien à voir avec la malédiction, dit-il en l'approchant encore de lui. Dis-moi que tu n'as pas envie de moi, Elise. Que mon contact te révulse. Que tu ne rêves pas de ma bouche sur ta peau et de mon sexe en toi. Dis-moi que tu ne veux pas que je te fasse hurler de plaisir pendant que je te mords.

Le couteau tomba de la main d'Elise et percuta le sol. Elle passa les doigts sur le visage de Kian et dans ses cheveux, puis agrippa la base de ses bois.

Leurs lèvres se touchaient presque et leurs yeux ne se quittaient pas.

— Non, je ne te le dirai pas, grogna-t-elle doucement.

Un mélange de surprise, de peur et de désir scintilla dans les yeux de Kian. Il l'attira plus bas jusqu'à ce qu'elle chevauche ses cuisses et la maintint fermement en place.

— Embrasse-moi à fond, la supplia-t-il.

Les lèvres d'Elise obéirent sans la moindre douceur. Elle le mordit et le suçota comme pour évacuer toute la frustration accumulée. Elle poussa sa langue contre celle du fae, qu'elle aspira dans sa propre bouche. Il lui agrippa les cuisses et la fit glisser contre l'érection qui déformait le tissu de son pantalon. Elise bougea les hanches pour que le contact se fasse avec le point précis qui réclamait cette douce friction.

Elle tira ensuite sur les lacets de la chemise de Kian. Elle le déballait comme un cadeau qu'elle désirait depuis toujours. Elle passa les ongles sur sa peau, laissant dans leur sillage des petites marques rouges sur les reliefs de ses pectoraux et de ses abdos. Kian poussa un petit cri de surprise lorsqu'elle se mit à le mordiller de la bouche jusqu'au torse avant de lui suçoter le téton. Elle referma les dents dessus et, soudain, sentit que Kian venait de la soulever.

— Humaine infernale ! grogna-t-il en l'adossant au mur le plus proche.

Il la débarrassa de sa chemise et déchira son bandeau en deux. Les seins d'Elise bondirent à l'air libre et il recula la tête pour mieux les admirer. Avec une force prodigieuse, il la souleva encore plus haut et la coinça contre le mur avec le bassin pour se libérer les mains et la caresser à sa guise.

Il se lécha le pouce, puis le fit tourner lentement sur le téton d'Elise. Tout en faisant rouler le bourgeon tendu entre son pouce et son index, il ne la lâcha pas des yeux. Il le serrait lentement, de plus en plus fort, jusqu'à ce qu'un cri échappe à l'humaine et qu'une douce chaleur humide envahisse son entrejambe.

— Voilà, mon amante, j'ai trouvé ton point sensible, dit-il fièrement en se frottant contre le bassin d'Elise sans relâcher la pression sur son sein.

Elle allait jouir avant même d'avoir ôté sa petite culotte.

— Kian, gémit-elle.

Elle l'embrassa de nouveau et lui déchira le dos de ses ongles. Kian la dégagea du mur et la porta jusqu'à sa chambre.

Il la déposa sur le lit et lui ôta le reste de ses vêtements jusqu'à ce qu'elle soit étalée devant lui dans toute la gloire de sa nudité. Il ne le rejoignit pas et resta debout à la dévorer des yeux. Son regard plongea entre les cuisses de la jeune femme, qui luisaient des preuves de son excitation.

— Putain ! murmura-t-il presque avec respect.

Son expression, un instant stupéfaite, devint vite sauvage. Il posa sa grande main entre les seins d'Elise, dont le cœur battait à tout rompre comme s'il allait exploser sous la pression de sa paume. Ses lèvres se retroussèrent en un sourire débordant de dents pointues et d'instinct possessif. Il glissa lentement la main de la poitrine d'Elise à son ventre, puis l'arrêta sur sa toison bouclée entre ses cuisses. Il accentua la pression de sa paume, puis retourna la main et retroussa les doigts contre son humidité. Il enfonça ensuite deux doigts en elle, vite et fort, et Elise poussa un cri.

—À moi, grogna-t-il.

Ses yeux s'illuminaient à chacune des réactions de la jeune femme. Elle lui prit l'avant-bras des deux mains et lui perça la peau de ses ongles. Puis elle souleva les hanches pour chevaucher sa main et obtenir l'orgasme qui la tenaillait tant. Kian ôta la main et elle poussa un cri étranglé de déception et de colère. Il regarda ses doigts mouillés, puis commença à les lécher lentement, un par un. Il ferma les yeux tout en chantonnant de plaisir à la découverte de son goût.

—Délicieuse partout, décréta-t-il.

Elise se dressa sur les genoux et défit les lacets du pantalon en cuir de Kian, les doigts tremblants. Lorsqu'elle prit son sexe dans sa main pour le libérer du tissu, le prince poussa un grognement venu du creux de son ventre. Elise savait déjà qu'il était très bien monté, mais elle n'en resta pas moins bouche bée devant ce qui s'offrait à elle.

— Pas de cornes, finalement, commenta-t-elle en levant les yeux vers lui.

Cela fit rire Kian.

— Déçue ?

— Pas du tout.

Elle serra les doigts et commença à le caresser vigoureusement. Le visage de Kian s'assombrit. Il repoussa la main de la jeune femme et la retourna. Plutôt que de la forcer à se pencher, il l'entoura de ses bras musclés et lui plaqua le dos contre son torse. Il prit ses seins lourds dans ses mains, les serrant et les relâchant, les caressant et les titillant. Puis l'une de ses mains repartit vers le bas, et entama une caresse ferme et circulaire autour de son clitoris.

— Délicieuse, parfaite et infernale humaine, dit-il contre l'épaule d'Elise.

Elle passa les mains autour de son cou pour agripper ses bois, ce qui lui donna une vue parfaite sur ses seins. Elle tourna la tête et Kian l'embrassa sans douceur, au point qu'il lui mordit la lèvre supérieure assez fort pour en faire couler une goutte de sang, qu'il aspira aussitôt.

— Baise-moi à fond, Kian, dit-elle en lui renvoyant ses propres paroles.

Kian glissa les mains jusqu'aux hanches de la jeune femme et lui écarta les cuisses, puis frotta son sexe en érection entre ses plis pour l'humidifier. Sous l'effet de cette délicieuse friction, Elise se colla encore plus à lui.

— Ne lâche pas, lui ordonna-t-il.

Elise serra encore plus les doigts sur la base de ses bois. D'un mouvement brusque qui lui coupa le souffle, le prince la pénétra. Son pénis était si gros qu'elle serra les cuisses pour le ralentir.

— Respire, Elise. Ton corps est fait pour mon plaisir, murmura-t-il d'une voix sombre.

Il crispa les mains sur ses hanches, inclina Elise en arrière et termina de la pénétrer, puis la maintint immobile jusqu'à ce que son corps s'ajuste à lui.

Il commença alors un va-et-vient qui atteignit des points inexplorés des tréfonds de son corps. Elise respirait à peine, en équilibre précaire entre le plaisir et une douleur exquise. Kian semblait savoir d'instinct jusqu'où il pouvait la pousser. Elle s'abandonna à lui et le laissa diriger la manœuvre, car elle devinait qu'il la mènerait à un endroit qu'elle n'avait jamais visité.

— Putain ! Kian, c'est trop bon, parvint-elle à haleter sous ses caresses.

— Comme toi. Encore mieux que ce que j'imaginais, murmura-t-il en lui embrassant l'épaule.

Il posa le pied sur le rebord du lit et lui souleva la jambe sur son genou plié pour lui écarter encore plus les cuisses. Elle se redressa. Ce changement de position était époustouflant. Kian glissa une main entre ses jambes pour en caresser le point de jonction, faisant un petit cercle chaque fois qu'il passait sur son clitoris.

Même dans la fièvre du moment, Elise savait qu'il ne s'agissait pas d'un simple rapport sexuel. Kian accédait à ses recoins les plus secrets et y imprimait sa marque. Il en ôtait des éléments pour les remplacer par les siens et elle faisait de même avec lui.

Il est à moi, répétait comme un mantra une petite voix que la jeune femme reconnaissait à peine.

Kian repartit de plus belle, et le cerveau d'Elise se vida de toute pensée cohérente. Son orgasme était en train de monter, si brûlant, si concentré qu'elle en pleurait presque. Il changea de position et accéléra encore la cadence tandis qu'elle tremblait de tous ses membres et s'accrochait à lui tant bien que mal.

— Mords-moi, le supplia-t-elle en laissant tomber la tête sur son épaule.

— Tu es si parfaite, grogna Kian.

Elle poussa un cri en sentant les dents du prince s'enfoncer en elle, et son orgasme explosa avec une telle violence qu'elle lâcha ses bois.

Kian la tint fermement pour la coucher sur le ventre. Il posa son corps massif sur elle et s'appuya sur les coudes, les lèvres sur son cou. Il était toujours dur en elle, et allait et venait lentement pour prolonger l'orgasme d'Elise, qui sanglotait de plaisir contre le matelas. Il l'avait brisée et n'avait toujours pas terminé.

Le prince leva la bouche de la morsure et lui embrassa les épaules. Il se souleva et lécha le filet de sueur qui coulait le long de son dos. Ses doigts lui caressèrent les flancs puis arrivèrent aux courbes de ses fesses, qu'ils comprimèrent jusqu'à ce qu'Elise, avec un petit halètement, se déplace de quelques centimètres pour lui en faciliter l'accès.

— Gourmande, tu en veux plus, ronronna-t-il d'un ton approbateur qui donna la chair de poule à la jeune femme.

D'un coup sec, il lui plaqua de nouveau les fesses contre lui et elle cria une fois encore. Le souffle court, elle se souleva sur les coudes tandis que leurs peaux luisantes de sueur claquaient l'une contre l'autre. Kian lui pétrissait les fesses tout en maintenant un rythme lent qui la mettait à la torture.

Il passa une main sous elle pour lui prendre le sein. Il recommença à lui pincer le téton et Elise cria une nouvelle fois. La respiration de plus en plus hachée, il la mordit de nouveau et les entraîna l'un comme l'autre dans un orgasme si violent qu'ils n'étaient plus qu'un enchevêtrement de bras, de jambes et de souffles haletants.

La petite boule de magie dans le ventre d'Elise brûlait comme une supernova et elle s'allongea sur lui. Dès que leurs poitrines se touchèrent, la magie se bouscula hors d'elle. Leur peau s'illumina de runes dorées et ils eurent l'un comme l'autre un sursaut de surprise.

— Qu'est-ce que c'est ? demanda Elise, émerveillée.

Elle se tordit pour mieux observer les runes.

Kian écarta les cheveux fous qui tombaient sur le visage de l'humaine et la fit glisser sur lui jusqu'à ce qu'il puisse prendre ses joues entre ses mains.

— C'est la magie qui réagit, rien de plus. Elle ne te fera aucun mal, la rassura-t-il d'une voix qui tremblait un peu.

Il l'embrassa avec tendresse. Ses yeux violets étaient éclairés de tellement de reflets dorés qu'ils paraissaient luminescents et accentuaient encore l'émerveillement de son visage.

Chapitre 20

Kian ne parvenait plus à respirer ni à réfléchir. Sa peau luisait d'une magie qui lui était inconnue et le visage d'Elise resplendissait. Il ne comprenait rien à ce qui se passait, mais il ne voulait pas le lui avouer de peur de l'effrayer.

Le lien d'union.

Il avait cru qu'il était déjà en place, mais peut-être se trompait-il. Il était tout à fait possible que cela nécessite un acte sexuel. Elise passa un doigt sur son visage pour effacer sa grimace soucieuse.

— Arrête de réfléchir aussi fort, sinon je vais me sentir obligée de recommencer, lui dit-elle, les lèvres rougies et gonflées par leurs baisers.

— C'est une menace ? répliqua-t-il avec un sourire prédateur.

Elise se contenta de lui sourire en retour, pas le moins du monde inquiète, et le prince put admirer la suite de runes brillantes sur ses joues soyeuses.

Ma compagne. Son cœur se gonfla de bonheur, ce qui l'effraya presque autant que le rapport sexuel qui venait de le secouer jusqu'aux tréfonds de l'âme.

Kian s'assit et Elise poussa un petit cri de surprise lorsqu'il la souleva pour la porter jusqu'à la salle de bains. Elle était comme un ballot chaud et ébouriffé dans ses bras, et la sentir recroquevillée contre lui était la sensation la plus naturelle du monde. Kian la posa par terre et appuya sur le sceau qui faisait couler l'eau.

— Oh, c'est génial ! s'extasia la jeune femme en observant avec curiosité les trous dans la pierre.

Kian savait qu'il devait cesser de la dévorer des yeux, mais c'était plus fort que lui. Elle défit le nœud qui maintenait la tresse du prince et la défit lentement.

— Il y a déjà plus de rouge, constata-t-elle.

Elle souleva les pointes de ses cheveux et les passa sur ses joues. Le cœur de Kian s'accéléra et, pour masquer les sentiments ridicules qui le submergeaient, il s'avança sous le jet d'eau chaude.

Il lui tendit la main et Elise, sans hésiter, le laissa l'attirer de nouveau contre lui.

Kian prit une étoffe douce et lava avec soin le sang étalé autour de la morsure qui marquait le cou de la jeune femme. Il avait envie de s'occuper d'elle. Il aurait dû se montrer plus doux avec sa compagne, mais elle avait le don de lui faire perdre le contrôle.

— Je ne t'ai pas fait mal, j'espère ?

Il venait de songer que les humains n'étaient peut-être pas bâtis pour résister aux rapports sexuels agressifs des faes.

— Bien sûr que non, répondit-elle en passant ses petites mains sur son torse.

Elle se hissa sur la pointe des pieds pour toucher ses bois, puis se mit à glousser.

— Qu'est-ce qu'il y a ?

— Il y a de nouvelles marques noires dessus, mais… on dirait les empreintes de mes mains.

Kian rit avec elle. Il avait oublié comment produire un son aussi joyeux.

— Tu t'agrippais fort, il faut dire.

Elise lui toucha la joue.

— J'aime ce nouveau sourire.

— Ne t'y habitue pas trop.

Il passa les mains le long du dos chaud et mouillé de sa compagne et s'arrêta sur ses hanches parfaites. Il aurait pu passer des journées entières à vénérer son corps. Elise leva les yeux au ciel.

— Ne vous inquiétez pas pour cela, maître. En ce qui vous concerne, mes attentes sont très modestes. Je suis sûre que c'est un autre aspect de votre folie et que, demain, vous recommencerez à grogner et à me menacer.

— Tu crois ? (Kian l'adossa une nouvelle fois à la paroi en pierre et posa les mains de chaque côté d'elle. Puis il baissa la tête et l'embrassa. Le rythme cardiaque d'Elise explosa.) Tu crois que je suis fou, là ?

— Oui, mais je suis peut-être folle moi aussi, murmura-t-elle avant de lui rendre son baiser.

Sa bouche était aussi douce qu'enivrante et Kian en voulait plus. Il en voudrait *toujours* plus.

Il s'assit sur le banc en pierre et plaça Elise sur ses genoux. Ses fesses et ses cuisses étaient rebondies sur ses muscles tendus et il accentua son étreinte. Sans rompre leur baiser, elle lui caressa le torse.

Kian avait toujours détesté qu'on le touche mais, là encore, Elise était différente des autres. Il adorait qu'elle le caresse et qu'elle l'explore, au point qu'il aurait souhaité que jamais elle ne s'arrête. Son érection revenait de plus belle et il ne fit rien pour la lui cacher. Il prit ses seins ronds entre ses mains et Elise poussa un son gourmand contre ses lèvres qui mit le feu à ses veines.

Elle attrapa son sexe, se dressa sur les genoux et le guida lentement en elle. Le côté dominateur de Kian voulait prendre les commandes, mais il se contint. Sa compagne avait son propre côté volontaire et il comptait bien la laisser l'exprimer autant qu'elle le désirerait.

Elle est si dangereuse… Ses sentiments finiraient par le consumer et par mettre en péril toutes ses responsabilités princières, car il savait qu'il ferait toujours passer sa compagne avant tout le reste.

Kian perdit toute faculté de pensée lorsque Elise commença à remuer les jambes et à le chevaucher en adoptant un rythme lent et régulier qui allait le tuer de la manière la plus douce possible. Les runes dansaient de nouveau sur leur peau, et le visage d'Elise brillait d'émerveillement et de ravissement démoniaque.

— Un de ces jours, tu me diras ce que signifient ces marques, haleta-t-elle.

Elles veulent dire que tu es ma compagne. Kian se mordit la langue pour ne pas le lui expliquer sur-le-champ. Il ne voulait pas l'effrayer et gâcher la perfection de ce moment. Il lui agrippa les hanches et l'attira plus près de lui. Il voulait la pénétrer encore plus profondément, se fondre encore plus dans son corps.

Elise l'embrassa avec une telle fougue qu'elle lui mordit les lèvres. Elle poussa un grognement annonciateur d'un nouvel orgasme et rejeta la tête en arrière. Kian en avait l'eau à la bouche, mais il ne voulait pas lui prendre plus de sang. Il se contenta donc de l'embrasser et de la mordiller jusqu'à ce qu'elle soit redescendue du septième ciel. Elle colla son front contre le sien et Kian lut dans ses yeux bleus une expression qu'il ne savait comment interpréter.

— Je sens que tu vas être l'erreur la plus dangereuse de ma vie, lui avoua-t-elle, ce qui le fit sourire.

— Humaine infernale, tu m'ôtes les mots de la bouche.

Son côté dominateur prit le dessus et il la plaqua contre le mur pour la baiser jusqu'à ce qu'ils soient l'un comme l'autre à bout de souffle.

Lorsqu'ils sortirent enfin de la douche, Kian l'enveloppa dans une serviette, puis en prit une pour lui.

— J'imagine que tu ne sais pas ce que sont devenus mes vêtements ? lui demanda Elise.

Il fronça les sourcils, interloqué par cette question.

— Pourquoi aurais-tu besoin de vêtements ?

— Je ne peux pas retourner dans ma chambre les fesses à l'air, Kian.

Le prince, qui était en train de s'essorer les cheveux, se figea.

— Tu ne restes pas ?

Il espérait que sa voix ne reflétait pas la déception qu'il ressentait. Il venait d'en faire sa compagne dans les formes et ne se sentait pas capable de la laisser partir.

Elise se mordit la joue.

— Je ne pensais pas que tu voudrais que je reste

— Tu croyais que c'était juste un rapport sexuel ? insista-t-il en faisant de son mieux pour contenir la colère qui grossissait en lui.

— Ben… oui. Pas toi ?

Qu'Arawan me damne, elle parle sérieusement. Il posa ses mains tremblantes sur les épaules de la jeune femme.

— Est-ce que c'est ce que tu as ressenti au fond de toi ?

Kian vit les questions et le doute dans son regard. Elle avait peur qu'il cherche à la piéger. Cette défiance n'était pas sans fondement. Il en avait fait son esclave, puis lui avait caché le lien sauvage qui ne cessait de se renforcer entre eux, car il avait eu trop peur pour le lui avouer.

— Non, ça allait plus loin que le sexe, tu as raison, mais cela ne veut pas dire que je m'attends à ce que tu m'invites à passer la nuit chez toi, répondit-elle avant que son regard durcisse. Tu veux que je reste ? Très bien. Demande-le-moi poliment.

Kian sentait que leurs rôles s'inversaient et qu'Elise devenait la maîtresse et lui l'esclave. Cela aurait dû le terroriser. Le pousser à lui briser sa jolie nuque. Mais, au lieu de cela, il lui prit la main, en frotta le dos contre sa joue et lui embrassa les doigts.

— S'il te plaît, Elise, passe la nuit avec moi.

L'humaine sourit et ses joues rosirent.

— D'accord mais, je te préviens, au premier ronflement, je m'en vais.

Malgré ces menaces, lorsqu'il s'éveilla au matin, Elise était recroquevillée dans ses bras. Ses doigts étaient emmêlés dans ses cheveux et elle appuyait les lèvres contre son flanc. Il fallait qu'il se lève pour assister à une réunion avec Fionn, qui devait lui faire son rapport sur l'activité de son armée. Il ne pouvait pas abandonner toutes ses responsabilités pour se prélasser au lit et admirer sa compagne. *Ma compagne humaine, si fragile.* Il la serra plus fort dans ses bras.

« Ta compagne est humaine. J'imagine qu'elle n'a pas très envie que tu éradiques son espèce, n'est-ce pas ? »

Il détestait quand Killian avait raison. Il allait devoir changer ses plans pour assurer la sécurité des faes. Elise semblait persuadée de pouvoir le convaincre que les humains avaient évolué. Qu'ils avaient désormais des choses qui intéresseraient les faes et *vice versa*. Elle voulait lui faire visiter Londres pour le lui prouver. Peut-être devait-il la laisser faire.

En effet, ce qu'elle lui avait raconté jusque-là avait éveillé son intérêt et il ne demandait qu'à être convaincu. Il caressa le bras étalé sur son torse. Les bracelets en or avaient disparu. Il ne savait pas comment c'était arrivé, mais cela n'avait aucune importance. Si Elise s'enfuyait, il pourrait désormais la retrouver grâce à leur lien.

L'idée qu'elle puisse le quitter lui coupa le souffle. Il avait commis tant d'erreurs avec elle que, si elle voulait le quitter, il ne pourrait pas le lui reprocher.

Tu dois lui donner des raisons de rester.

Kian ne parvenait pas à réfléchir correctement avec Elise dans ses bras. Il sortit donc du lit. Sa compagne poussa des petits bruits de protestation ensommeillés mais, par chance, ne s'éveilla pas. Kian n'aurait pas pu lui parler, car ses émotions étaient à vif.

Il s'habilla en hâte et s'apprêtait à quitter la chambre lorsqu'il fit demi-tour pour déposer un baiser sur les lèvres endormies de sa compagne.

Comment puis-je être aussi faible ?

Lorsqu'il entra dans la salle du conseil, Fionn l'attendait déjà. Comme souvent, il regretta que ses frères ne soient pas là, à leur place attitrée. Ainsi, il n'aurait pas eu autant l'impression d'être le seul à prendre les décisions.

C'était le cas, pourtant.

Ni Killian ni Bayn n'étaient très intéressés par leur rôle de dirigeants. Au fil des siècles, leurs cours, autrefois très populaires, s'étaient peu à peu désintégrées. Tout comme lui, ils étaient las de vivre et tout à fait prêts à mourir. Mais c'était avant l'arrivée d'Elise. Comment une simple femme avait-elle pu chambouler son existence à ce point ?

— Qu'est-ce que tu regardes comme ça ? demanda-t-il à Fionn.

— Je vous prie de m'excuser, mais vos cheveux ont changé.

— Je le sais. La malédiction est enfin en train de disparaître.

Kian savait que Fionn se serait bien vu lui succéder à sa mort. Rien n'avait été officiellement annoncé, car la tradition fae voulait que tous les prétendants au trône s'affrontent jusqu'à ce qu'il n'en reste plus qu'un.

— Comment est-ce possible ?

— Par magie, répliqua sèchement Kian pour mettre un terme à cette conversation. Comment se passent les choses à Londinium ?

— L'armée s'est retirée, selon vos ordres, et nous avons placé des éclaireurs un peu partout pour qu'il nous rapporte le moindre mouvement. Les humains ont installé un camp à mi-chemin entre Londinium et notre château. C'est de là que venaient les soldats qui vous ont attaqué. Je suis toujours d'avis de raser Londinium une bonne fois pour toutes.

— J'apprécie ta suggestion, mais la ville a beaucoup grandi depuis notre bannissement. La raser nous demanderait plus de ressources que nous en avons, sans parler du fait que les humains sont beaucoup plus nombreux que nous. Je n'ai pas envie de sacrifier la vie de nos soldats.

— Vous pourriez lancer votre sort de folie et les laisser se massacrer entre eux, mon prince.

Kian haussa un sourcil. Son général avait-il toujours été aussi discutailleur ?

— Certes, mais je ne pense pas que ce serait la meilleure solution pour les faes à l'heure actuelle. Nous nous sommes vengés des lignées des traîtres et nous avons obtenu les compensations que nous voulions pour la mort de nos enfants. (Kian croisa les doigts sans prêter attention à l'expression confuse sur le visage de son interlocuteur.) J'aimerais me rendre à Londinium et évaluer la situation de mes propres yeux avant de prendre ma décision.

— Maître, vous ne devriez pas vous exposer au danger. Nous n'avons plus l'élément de surprise comme lorsque nous avons attaqué les lignées, argumenta Fionn.

— Je changerai mon apparence et mon esclave humaine me servira de guide.

Kian ne l'ajouta pas, mais il se réjouissait à l'idée qu'Elise lui montre toutes les merveilles dont elle lui avait parlé.

— Cette humaine n'est pas digne de confiance ! Elle vous trahira dès que vous vous serez éloignés de l'armée !

— Me crois-tu sans défense, Fionn ? Me prends-tu pour un jeune fae pleurnichard incapable de se défendre contre une humaine ? tonna Kian, dont la colère montait. Eh bien ? Si tu as quelque chose à me dire, c'est le moment.

— Vous êtes un grand guerrier, mon prince, mais je crains qu'elle vous ait ensorcelé. Vous êtes différent avec elle et, si vous la laissez vous aveugler, vous n'en réchapperez pas, répondit fermement Fionn.

— Elle ne m'a pas ensorcelé. La vérité, c'est que je me bats depuis trop longtemps pour protéger mon peuple. Nous devions éliminer les lignées des traîtres. J'avais juré sur mon sang de le faire. Maintenant que nous sommes de retour à Albion, je vois à quel point la population humaine s'est développée. Je sais que, si nous déclenchons une guerre, elle ne se terminera pas comme nous l'avions imaginé, expliqua-t-il en essayant d'adopter le point de vue de son général. Je vais à Londinium pour tenter de trouver une nouvelle stratégie. Mon humaine me guidera. Soit tu me soutiens, soit tu me défies. Ce sont tes seules options.

Cette menace eut l'effet escompté sur Fionn, qui s'inclina bien bas.

— Mon prince, je vais m'entretenir avec les éclaireurs et établir le meilleur itinéraire pour que vous puissiez vous rendre à Londinium, dit-il avant de sortir de la pièce à reculons.

Kian sortit les cartes et les plans d'origine. Si Elise parvenait à le convaincre que traiter avec les humains était une bonne idée, il devait établir d'avance une liste d'exigences, ainsi qu'un plan de secours au cas où les humains chercheraient une nouvelle fois à les trahir.

Chapitre 21

Elise tournait les pages d'un atlas en faisant de son mieux pour ne pas penser à Kian. C'était plus facile à dire qu'à faire, car il était présent dans tout son corps. De la manière la plus intime possible.

Elle s'était réveillée tard dans le lit du prince, qui s'était déjà éclipsé pour la journée. *Est-ce qu'il est gêné parce qu'on a couché ensemble ?* De son côté, elle ne voulait pas l'être, mais l'expérience lui avait appris à ne jamais chercher à deviner l'humeur de Kian. En toute logique, elle serait bonne, vu l'efficacité de son sang contre la malédiction.

Elle avait vu de ses propres yeux à quelle vitesse la nouvelle couleur gagnait du terrain dans les cheveux du prince. Le sexe accélérait-il le phénomène enclenché par son sang ? Elle ne savait pas si son pauvre corps d'humaine supporterait des rapports aussi intenses chaque soir s'il voulait hâter le processus.

Cela la fit rire. *Arrête de te mentir. Je suis plus que prête à m'accrocher à ses bois chaque fois qu'il me le demandera poliment.*

Depuis quelque temps, elle sentait que leurs rapports s'étaient modifiés. C'était une bonne chose… qui risquait de devenir catastrophique à long terme. Elle imaginait déjà les années de thérapie qui l'attendaient lorsqu'elle retrouverait sa liberté, une fois que ce syndrome de Stockholm temporaire se serait évaporé. C'était forcément cela, non ? Sinon, cela voulait dire que ce qu'elle éprouvait pour lui était bien réel, ce qui promettait de nouveaux désastres.

Et, pour ce qui était de sa liberté… ses bracelets dorés avaient disparu. Ses poignets lui paraissaient tout légers et elle ne pouvait s'empêcher de les toucher. Elle connut une brève montée d'adrénaline et envisagea un instant de sortir en douce du château et de s'enfuir. Elle sortit aussitôt de sa rêverie et comprit que ce n'était pas parce qu'elle ne portait plus les bracelets que cela empêcherait Kian et ses guerriers de la traquer si elle ne respectait pas la part du marché qu'elle avait passé avec lui.

Elle était pieds et poings liés par sa promesse, et une tentative de fuite ne mettrait pas que sa propre vie en péril. Elle devait prouver à Kian qu'elle était digne de confiance et que les autres humains pouvaient l'être aussi.

Elise sourit et imagina l'émerveillement du fae lorsqu'elle lui ferait découvrir les trésors du British Museum. Sans même parler de ses livres et de ses musiques préférées. Jamais elle n'avait ressenti unc telle envie de partager ses passions.

Elle était en train de reposer le livre sur son étagère lorsqu'elle sentit une lame froide contre sa gorge.

— Ne fais pas un bruit, sinon je t'étripe, siffla Fionn. (Elise leva les mains pour lui montrer qu'elle n'était pas armée. Elle tenta de se retourner, mais il l'arrêta en posant une main lourde sur son épaule.) Avance, garce. Tu as lassé ma patience.

Sans ôter sa lame de la gorge de la jeune femme, Fionn la fit sortir de la bibliothèque et la guida jusqu'à la salle de bal. Il écarta une lourde tapisserie pour révéler une porte qu'il ouvrit avant de la pousser dans l'obscurité.

— Je pensais qu'il ne s'agissait que de ton sang, esclave, mais, ce matin, j'ai senti ton odeur sur le prince. Comme je sens la sienne sur toi en ce moment. Qu'il se souille en se compromettant avec une misérable humaine, ça me rend malade. Il refuse de croire que tu l'as ensorcelé, mais je le connais. Je sais qu'il n'est plus lui-même et je vais le guérir de toi une bonne fois pour toutes.

Elise laissa Fionn manifester sa colère. Il s'exprimait comme un ex jaloux et pas comme un général. Contrairement à Kian, il n'hésiterait pas à lui trancher la gorge et à la laisser se vider de son sang dans le noir.

Fionn connaissait assez bien les lieux pour évoluer sans allumer de torche. Par chance, ils n'avaient emprunté aucun escalier. Le passage descendait en une lente spirale, dans un air de plus en plus froid et vicié.

— Vous allez me jeter dans un cachot ? demanda Elise d'une voix qui résonna contre les murs.

— Non.

— Vous allez me tuer alors ?

— Ce n'est pas l'envie qui m'en manque, mais nous ne tuons pas les esclaves des autres. (Elise voulut répondre, mais Fionn la plaqua contre le mur.) Silence !

Un éclair de douleur enflamma les côtes de la jeune femme, qui serra son bras blessé contre sa poitrine. Sans se soucier de son état, le général la poussait sans douceur dans les entrailles du château.

L'enlèvement s'était déroulé au milieu de l'après-midi. Lorsqu'ils arrivèrent au bout des tunnels, le soleil était couché. Ils débouchèrent en dehors de l'enceinte du château, à travers une sortie encombrée de ronces qui s'écartèrent pour les laisser passer. Un cheval les attendait dans une petite clairière, attaché à un piquet.

Elise ne vit pas l'assaut venir. Fionn lui assena plusieurs coups de poing au visage et à la tête. Elle tomba à genoux, et il lui lia les mains avant de la jeter comme un sac sur le cheval. Elle saignait de la bouche et du nez. Il monta derrière elle et l'immobilisa d'une main avant de lancer sa monture au galop.

Les faes ne tuaient peut-être pas les esclaves qui ne leur appartenaient pas, mais Fionn était assez malin pour la balancer du haut d'une falaise et accuser les pierres de l'avoir tuée. Elle avait cru qu'elle finirait par s'habituer aux brimades et aux humiliations, mais elle découvrit que ce n'était pas le cas. Elle réagit de la manière la plus inutile qui soit et fondit en larmes.

Ce n'était pas uniquement à cause de la douleur. Kian croirait qu'elle s'était enfuie et qu'elle n'avait pas tenu parole. Il avait confiance en Fionn et il ne lui viendrait jamais à l'idée de le soupçonner. Mais, comme il avait toujours besoin de son sang, il remuerait ciel et terre pour la retrouver, non ? Ce bref éclair d'espoir s'évapora aussi vite qu'il était apparu lorsqu'Elise aperçut des lumières au loin. Elle reconnut un camp militaire. *Un camp humain*. Mais à quoi Fionn jouait-il donc ?

Une vague de magie les submergea et un scintillement bleu pâle entoura le cheval. Fionn fit passer la monture au trot et s'arrêta devant les hautes portes métalliques.

— Ne fais pas un pas de plus, fae ! lui ordonna un humain dont la voix était amplifiée par un mégaphone.

Le mur d'enceinte était bondé de soldats qui pointaient leurs armes sur eux. Fionn éclata de rire, puis saisit Elise par les cheveux et la balança du cheval, sur la boue gelée.

— Profite bien de ta liberté, lui dit-il d'une voix fielleuse.

Le cheval scintilla une nouvelle fois, puis disparut dans un éclair. Elise s'était remise à sangloter, car la pulsation magique qui lui indiquait que Kian était près d'elle était en train de s'effacer.

— Ne bougez pas !

Comme si elle en était capable... Elle avait mal partout et son visage dégoulinait de sang.

— Faites venir un médecin !

Des bras musclés la soulevèrent pour la transporter à l'intérieur du camp, et les portes métalliques se refermèrent derrière elle avec un claquement fatidique.

Chapitre 22

Le thé qu'on lui avait donné était dégoûtant. C'était la preuve que ce geste n'était que stratégique. Ils étaient en Angleterre, après tout, et une tasse de thé aussi mauvaise était inexcusable. Elle refusa de goûter au sandwich au fromage qui l'accompagnait.

Un médecin avait nettoyé son visage ensanglanté et posé des sutures temporaires sur ses plaies. On lui avait aussi mis le bras en écharpe en attendant qu'elle puisse passer une radio. Si jamais Fionn recroisait son chemin, elle le saluerait d'un coup de pied dans les bijoux de famille. Ou elle demanderait à Kian de le faire à sa place. Elle se frotta la poitrine. Son cœur lui semblait vide sans la boule magique à laquelle elle s'était si bien habituée.

Elle aurait dû être heureuse d'avoir pu s'enfuir, mais, bien au contraire, elle se sentait nauséeuse et dévastée. Plus tard, elle tenterait de mettre cela sur le compte du syndrome de Stockholm, mais, pour l'heure, Kian lui manquait, tout simplement. Les téléphones et autres objets technologiques lui paraissaient étranges après toutes ces semaines passées dans un univers médiéval fantastique. Elle ne désirait qu'une chose : retrouver le calme de sa bibliothèque.

Après l'avoir soignée à la va-vite, des soldats l'avaient conduite jusqu'à un petit bâtiment et installée dans une salle d'interrogatoire équipée d'une table en acier et de fenêtres réfléchissantes. Mais ce n'était que le début. Un type était entré pour lui coller sur le crâne un collier fait d'anneaux en acier. Elise avait envie de lui rire au nez. Elle n'avait vu aucun objet en acier dans le château, soit, mais cela ne voulait pas dire que ce métal était efficace contre les faes. En tout cas, elle ne voyait pas ce qu'ils espéraient que ferait cette affreuse breloque.

Elle s'apprêtait à poser sa tête lancinante sur la table et à s'endormir lorsque la porte s'ouvrit. Un homme corpulent en uniforme entra. Le grand manitou, probablement. Quelques mois plus tôt, Elise se serait liquéfiée sous son regard noir, mais, après tout ce temps passé sous le joug de Kian, le nouveau venu lui paraissait… insignifiant.

Il s'assit face à elle, sortit un téléphone et une tablette, enclencha l'enregistrement et la regarda avec curiosité.

— Votre nom ?

— Elise Carlisle. Je suis de Salisbury.

— Elise, je suis le général Gatesbridge. Pouvez-vous me dire combien de temps vous avez passé avec les faes ?

— Je n'étais pas « avec » eux, j'étais leur esclave, le corrigea-t-elle. On m'a enlevé dans le train de Londres... je ne sais pas, il y a huit semaines, je dirais. C'était le premier jour de l'invasion.

— Je vois. (Le général Gatesbridge tapota sur sa tablette et lui montra une photo du wagon. L'intérieur était maculé de sang, mais, Dieu merci ! il n'y avait aucun cadavre.) Cela vous rappelle quelque chose ?

— Oui, un très mauvais souvenir. Quand on m'a sortie du wagon de force, les gens s'entre-tuaient ou se suicidaient.

— Les faes les massacraient, vous voulez dire.

Elle secoua la tête.

— Non, les humains le faisaient eux-mêmes. Ils étaient sous l'influence d'une espèce de sort. Les faes ne sont même pas descendus de leurs chevaux.

Le général fit apparaître une deuxième photo. Elle était floue, mais la vue des bois de Kian suffit pour que le cœur d'Elise se mette à battre la chamade.

— Vous savez qui c'est ?

— Le prince, murmura-t-elle sans vouloir dire son nom.

— Pouvez-vous nous décrire votre relation avec lui ?

Elise grimaça.

— Je n'ai aucune relation avec lui. J'étais son esclave, comme je vous l'ai dit.

— Comment expliquez-vous cela, alors ?

Il tourna une nouvelle fois la tablette vers elle pour lui montrer une vidéo muette en noir et blanc de la cour devant l'écurie. L'homme qui filmait pointa son arme sur Kian. Elise, comme sortie de nulle part, se précipita à une vitesse surnaturelle sur le prince pour le renverser derrière l'auge en pierre.

— C'est très simple, répondit-elle avec calme tout en improvisant un mensonge. En tant qu'esclave du prince, j'étais forcée de le protéger s'il était en danger. Vous voyez à quelle vitesse je me déplace ? C'est dû à la magie, parce que, comme vous pouvez le voir, je ne suis pas vraiment bâtie comme une sprinteuse olympique.

— Êtes-vous encore sous l'influence de la magie ?

— Pas que je sache.

— Je vois. Mais, si vous étiez une esclave, pourquoi vous a-t-on renvoyée du château ce soir ?

— Je n'en suis pas sûre. Peut-être que le prince s'est lassé de moi, ou bien il m'a libérée pour faire un geste de paix. J'étais la seule humaine détenue au château.

Elle avait choisi cette réponse car elle espérait toujours réussir à mettre un terme à la guerre entre les faes et les humains. Mais Gatesbridge devint cramoisi de colère.

— Est-ce que ce salopard semble intéressé par la paix ? cria-t-il.

Il jeta la tablette à Elise, qui regarda la vidéo silencieuse. La gorgée de thé qu'elle avait réussi à avaler lui remonta aussitôt dans la gorge.

Il s'agissait d'un montage montrant les faes se déchaînant dans les rues de Londres et traquant les humains en fuite. Des arbres avaient poussé sur les rives de la

Tamise et leurs branches étaient décorées de pendus. Des enfants, tous âgés de moins de deux ans, étaient placés dans des paniers rembourrés, puis emmenés par des guerriers.

Et dans toutes ces scènes, Kian, dans son armure rouge de sang, regardait les événements avec calme. Les rares fois où il ne portait pas son masque, son visage était glacial alors qu'il regardait les faes pendre des humaines, enlever des bébés des bras de leurs mères éplorées ou mettre le feu aux bâtiments.

Elise lâcha la tablette et vomit sur le sol en béton. Elle tenta de respirer à fond pour calmer la crise de panique qui l'étouffait.

Elle savait par la rumeur que l'armée fae était restée à Londres pendant le premier mois de son emprisonnement. Elle savait aussi qu'elle avait fait des victimes. *Les traîtres.* Mais des bébés ? Prise d'un nouveau haut-le-cœur, elle vomit de la bile jaune.

— Voilà le vrai visage du monstre que vous avez sauvé cette nuit-là, Elise. Nous n'avions qu'une seule chance de l'éliminer, mais vous avez tout gâché, grogna Gatesbridge en se penchant vers elle par-dessus la table.

— Je vous ai dit que c'était à cause de la magie, haleta-t-elle.

— Vous feriez bien de choisir votre camp et de nous donner tous les détails que vous connaissez sur ces fils de putes. Je n'aimerais pas avoir à vous torturer pour vous faire parler, mais je suis prêt à le faire pour sauver l'Angleterre de…

— Arrêtez, Gatesbridge.

Une femme en tailleur, aux cheveux roux grisonnant noués en un chignon sévère, entra dans la pièce. Les perles qu'elle portait aux oreilles atténuaient la sévérité de son visage, mais Elise n'était pas dupe de cet artifice féminin. C'était elle qui commandait ici. Elle n'avait pas élevé la voix, mais son ordre l'avait fait tressaillir ainsi que le général.

— Je vous remercie, général. Ce sera tout.

Le visage de Gatesbridge retrouva sa teinte cramoisie, mais il sortit sans un mot.

— Est-ce qu'on pourrait apporter de l'eau à Elise ?

Aussitôt, un homme arriva avec deux bouteilles dans les mains.

— Merci, répondit Elise avant de boire une gorgée.

— Je vous prie d'excuser le général. Par moments, il laisse sa fougue prendre le dessus sur sa raison. Vous pouvez m'appeler Ruth.

Elise hocha la tête. L'eau s'agitait dans son estomac de manière inconfortable. La vidéo tournait toujours sur la tablette, et chaque plan de Kian était un nouveau coup de poignard. Elle avait couché avec lui. Pire encore, elle commençait à éprouver des sentiments pour lui. Des émotions tangibles et douloureuses.

L'homme qu'elle voyait sur ces images était le vrai Kian. L'autre, celui avec qui elle avait siroté du vin, discuté littérature et dont elle avait partagé la couche, ne l'avait charmée que pour obtenir son sang de son plein gré.

Mais le pire venait du fait qu'elle avait toujours su qu'il tuait des humains. Elle l'avait vu calmement décapiter un homme de ses propres yeux. Cela ne l'avait pas empêchée de tomber amoureuse de lui. Qu'est-ce que cela faisait d'elle ?

— Je ne peux même pas commencer à imaginer ce que vous avez subi, Elise, dit Ruth après un long silence. Le fait que vous ayez survécu aussi longtemps parmi les faes est la preuve que vous ne manquez pas de ressources.

— Oui, j'ai connu l'enfer. Et j'aimerais rentrer chez moi, répondit Elise d'une toute petite voix.

— C'est envisageable si vous nous aidez. Gatesbridge ne s'y est pas pris correctement, mais, la vérité, c'est que nous ne savons rien sur les faes. Nous ignorons pourquoi ils nous ont envahis et nous ne connaissons pas leurs points faibles. Vous avez vécu parmi eux, ce qui vous place dans une position idéale pour nous parler d'eux.

— L'invasion et le massacre, c'est pour se venger de ce que des rois ancestraux leur ont fait.

— Et le prince ? Que pouvez-vous me dire à son sujet ?

— Il est sans pitié. *(Et maudit. Et cruel. Et je suis amoureuse de lui.)* Il a de gros pouvoirs magiques. Le seul moyen de sauver l'Angleterre, c'est d'essayer de signer un traité de paix avec lui. C'est une personne raisonnable, pas un monstre assoiffé de sang. Il réfléchit en stratège et cherche avant tout un endroit où son peuple sera en sécurité.

Ruth fronça les sourcils. De toute évidence, elle lisait sur le visage d'Elise les émotions conflictuelles qui la ravageaient.

— Parmi tous les passagers du train, pourquoi est-ce vous qu'il a enlevé ?

— Je n'en sais rien. Je ne suis personne.

Je suis la clé de la malédiction qui est en train de le tuer. Un peu de patience et il mourra sans que vous ayez à lever le petit doigt.

Mais cela ne lui apportait aucun réconfort. Au contraire, elle se sentait encore plus mal.

— Il vous a frappée ? violée ?

— Non, ni lui ni les autres ne m'ont violée. Les faes ne touchent pas aux esclaves qui ne sont pas à eux.

— Je vois. Autre chose ?

Elise la regarda droit dans les yeux pour lui montrer la douleur et le vide qu'elle ressentait.

— Non.

Ruth crispa les lèvres.

— Ne me forcez pas à vous remettre entre les pattes de Gatesbridge, Elise. Je suis la seule personne qui puisse vous protéger de lui. Nous cacher des choses, c'est la pire erreur que vous puissiez faire pour l'instant. Protéger le prince et sympathiser avec les faes ne vous apportera rien de bon.

— Je ne le protège pas. (Cela avait tout du mensonge, mais Elise continua à regarder Ruth dans les yeux.) Refilez-moi à Gatesbridge. Cela ne changera pas la vérité.

— Et quelle est-elle, cette vérité ?

— Le prince n'a aucun point faible et il vous tuera jusqu'au dernier si vous n'essayez pas de traiter avec lui.

À ces mots, le vide qu'elle sentait au creux de sa poitrine ne fit que grossir.

Ruth poussa un long soupir, puis frappa à la porte pour que le garde la fasse sortir.

— Elle est à vous, dit-elle avant de disparaître.

Chapitre 23

Le soleil était couché depuis des heures, mais Elise n'était pourtant pas venue le rejoindre. Kian ignorait ce qu'elle ressentait à propos de leur nuit de passion, mais elle avait été au cœur de ses pensées pendant toute la journée. Elle avait redonné vie à des parties de lui-même qui étaient en sommeil depuis des siècles. Chaque jour qui passait, Kian avait l'impression de redevenir un peu plus l'homme qu'il était avant d'être maudit. L'homme capable d'éprouver des sentiments comme l'amour ou l'affection, avant que la magie d'Aoife l'en prive. C'était excitant… et terrifiant à la fois.

Le prince attendit jusqu'à minuit, noyant son anxiété dans le vin. Il ne voulait pas étouffer Elise mais, dans le même temps, il éprouvait un besoin vital de la voir. Il avait résisté à l'envie d'utiliser le lien qui les unissait parce qu'il ne voulait pas violer son intimité de cette manière.

Le faisait-elle pour le provoquer ? pour l'énerver ? parce qu'elle ne voulait plus de lui maintenant qu'ils avaient couché ensemble ?

Aucune de ces hypothèses n'était agréable et il en avait assez d'attendre.

Il sortit de sa chambre et se dirigea vers celle d'Elise. Les faes qu'il croisa dans les couloirs s'écartèrent de son chemin, intimidés par la colère et la détermination qui émanaient de son aura.

— Elise ?

Il ouvrit grand les portes de sa chambre, mais la pièce était dans le noir et aucun feu ne brûlait dans l'âtre. Il fit demi-tour et partit vers la bibliothèque. Elise travaillait parfois tard, lorsqu'elle se laissait prendre par ses lectures.

La bibliothèque était aussi sombre et silencieuse que la chambre. Paniqué et furieux, il se demanda où la jeune femme pouvait bien être.

— Maître ?

Hedera se matérialisa devant lui. Sa magie de *brownie* avait perçu que son maître avait besoin d'elle.

— Où est-elle, putain !? hurla Kian en la secouant par les épaules.

— J-je ne s-sais pas, m-maître. Je lui ai apporté son repas ici même ce matin.

Hedera frappa dans ses mains et la pièce s'illumina. Le plateau se trouvait sur la table de travail et Elise n'avait pas touché à la nourriture. Il n'y avait aucune trace de lutte, mais cela ne voulait rien dire. La jeune femme, humaine et frêle, n'était pas de taille contre un fae.

— Oh, non ! il n'aurait quand même pas…, commença Hedera avant de fermer rapidement la bouche.

— De qui parles-tu ? grogna Kian.

Il lui comprima la gorge entre les doigts. Sa colère était brûlante comme une flamme.

— J'ai vu Fionn entrer dans la bibliothèque peu de temps après moi. Il s'est pris d'intérêt pour votre esclave et lui a rendu plusieurs fois visite. Des visites qui n'avaient rien d'amicales.

— Et il ne t'est pas venu à l'esprit de m'en informer ?

— Auriez-vous écouté une servante plutôt que votre général ? ou que n'importe lequel de vos guerriers ?

Kian la lâcha et elle se massa le cou.

— Localise Fionn et ne te fais pas repérer, lui ordonna-t-il.

Hedera disparut aussitôt et il ferma les yeux, puis inspira à fond pour tenter de sentir l'odeur d'Elise. La bibliothèque en était imprégnée et il isola les traces les plus récentes. Elles se trouvaient près d'une étagère. La fragrance chaude d'Elise s'y mêlait de notes aigres synonymes de peur. Et, au milieu de cette peur, il reconnut l'odeur de Fionn.

Kian s'agrippa à l'étagère. La colère noircissait sa vision et une magie meurtrière bouillonnait en lui, si puissante que toute la pièce en tremblait. La magie appelait la bataille et son armure répondit à son appel. Elle apparut, pièce par pièce, sur son corps, et ses épées se croisèrent dans son dos.

— Maître, Fionn se trouve près de l'écurie. Sa monture est épuisée et trempée de sueur, rapporta Hedera, qui s'était matérialisée loin de lui.

— Merci, Hedera. Dis aux serviteurs de ne pas sortir cette nuit, lui dit-il sur un ton d'avertissement palpable.

Les plaintes de Fionn lui revenaient en masse. Quel poison le général avait-il distillé parmi ses guerriers ?

Dehors, il commençait à neiger et Kian essayait de ne pas penser à Elise grelottant de froid. Fionn était en grande conversation avec Owain et Aiden. Ce dernier portait toujours sa main qui se putréfiait accrochée à son cou. Tous les guerriers présents dans la cour se tournèrent vers leur prince.

— Qu'est-ce que tu as fait d'elle, Fionn ? Où l'as-tu emmenée ? demanda-t-il d'une voix qui claqua comme un fouet dans le silence.

— De qui parlez-vous, mon prince ? répondit Fionn.

Kian s'approcha de lui et repéra l'odeur prégnante et enivrante du sang d'Elise. Il en suivit les effluves jusqu'au cheval de Fionn et distingua une tache sombre sur son flanc. Il la toucha et, grâce à leur lien, perçut la douleur et la terreur d'Elise. Il eut juste le temps d'entrapercevoir l'image d'un camp militaire humain avant que tout s'efface.

— Dis-moi où tu l'as emmenée, répéta Kian.

Il libéra un peu de sa puissance magique et les trois guerriers poussèrent un grognement de douleur.

Leurs pieds gelèrent sur le sol et leur cerveau commença à se désintégrer sous l'effet de la magie.

— Je l'ai rendue aux humains, dans leur camp, là où est sa place ! hurla Fionn, dont le nez saignait. Je l'ai fait pour vous, maître. Elle vous a ensorcelé et a détruit votre résolution…

Il n'eut pas le temps de terminer sa phrase. Kian poussa un rugissement de fureur et son général explosa, propulsant du sang et des entrailles dans tous les sens. Le prince se tourna vers Aiden et Owain, qui se tordaient de douleur sur le sol ensanglanté.

— Vous l'avez aidé ?

Ils firent « non » de la tête. Il leur était impossible de mentir sous l'effet de la magie compulsive. Il les en libéra et ils s'immobilisèrent en sanglotant silencieusement.

Le prince regarda ensuite les autres guerriers, terrifiés par le spectacle qui venait de se dérouler sous leurs yeux.

— Quelqu'un d'autre pense que je suis ensorcelé ?

Personne ne bougea. Ou même ne respira.

Kian sauta sur le cheval le plus proche, lui transmit un peu de sa magie et s'élança au galop dans la nuit.

Le paysage nocturne était flou autour de lui, et la colère qu'il ressentait s'effaça un peu pour céder la place à la peur pour sa compagne. Il chercha leur lien. Ce dernier était très faible mais, au moins, il était là. Cela voulait dire qu'Elise était encore en vie.

Fionn l'avait blessée en l'enlevant et elle saignait. Cette pensée suffit à raviver sa fureur noire.

Très vite, il arriva en vue des lumières vives du camp humain. Le lien se renforçait à chaque instant.

Et si elle n'avait pas envie d'être sauvée ? Cette idée le secoua tant qu'il stoppa sa monture. Elise avait enfin retrouvé les siens. Peut-être se sentait-elle en sécurité parmi eux ? Elle était sa compagne et son bien-être était la principale priorité de Kian. Il n'avait pas envisagé un seul instant que la laisser reprendre son ancienne vie était peut-être le meilleur moyen de le lui assurer.

Il ferma les yeux et tenta de se concentrer sur la localisation précise de la jeune femme et sur ce qu'elle éprouvait. Le fragile lien s'ouvrit d'un seul coup et un hurlement de douleur le traversa. Kian ne pouvait plus respirer. Plus réfléchir. La douleur cessa, juste le temps qu'il prenne une bouffée d'air, puis le tenailla de nouveau.

Kian ! hurla la voix d'Elise avant que le lien se coupe de nouveau.

— Elise…

Il fonça vers le camp et érigea une barrière magique autour de lui pour arrêter les projectiles humains. Il n'entendait plus que la peur et la douleur dans la voix d'Elise.

Lorsqu'il arriva devant le camp, il mobilisa sa puissance magique pour arracher les lourdes portes métalliques qui le protégeaient. Les guerriers humains criaient et toute la cour résonnait des bruits sourds de leurs armes. La puissance de Kian les rejeta en arrière et renversa les boîtes métalliques dans lesquelles ils se déplaçaient. Il suivit le lien jusqu'à un bâtiment dont il arracha le toit, puis les murs. Sans se soucier des cris des victimes écrasées, il chercha Elise et la trouva à genoux, à peine consciente et trempée jusqu'aux os. Un homme la tenait par les cheveux et pointait une arme humaine contre sa tempe.

— Tu oses violenter ma compagne ? grogna Kian en tirant l'une de ses épées de son dos. Lâche-la ou je vous massacre jusqu'au dernier.

L'homme, les yeux écarquillés, fixa les yeux sur la dévastation qui l'entourait. Il lâcha Elise et prit la fuite. Kian mourait d'envie de le rattraper et de le mettre en pièces, mais Elise avait besoin de lui.

Il s'agenouilla et la souleva d'un seul bras. Elle gémit lorsqu'il la serra contre lui tout en surveillant les alentours, son épée levée en prévision d'une attaque.

— Tu es venu à ma rescousse, murmura-t-elle contre son cou.

— Je t'avais promis que tu ne serais jamais débarrassée de moi.

Il sentit les larmes chaudes de sa compagne glisser le long de son cou.

— Ne tirez pas ! ordonna une voix féminine, à laquelle tous les soldats obéirent. Laissez-les partir.

L'humaine avait une arme à la main, mais l'avait baissée. Elle semblait être la seule personne à la ronde douée de raison. Les soldats reculèrent pour laisser Kian avancer jusqu'à son cheval.

— Sale petite traîtresse ! cracha un soldat.

Kian leva son épée pour lui trancher la tête, mais Elise stoppa son geste en lui caressant la joue.

— Ne leur fais pas de mal, Kian. Ramène-moi chez nous, s'il te plaît, le supplia-t-elle.

Même si cela allait à l'encontre de sa nature, le prince enleva sa lame de la gorge de l'humain.

— Elle a tout fait pour me convaincre de me montrer magnanime avec vous et c'est ainsi que vous la remerciez ? cria-t-il avec mépris en montant sur son cheval.

Il remit son épée au fourreau puis, sans un regard vers ses ennemis, emporta sa compagne avant de céder à l'envie de tous les massacrer.

Elise s'accrochait à lui tandis qu'il dirigeait sa monture vers les pierres dressées. Kian n'avait confiance ni en ses propres guerriers ni en la sécurité relative de son château. Sa compagne était mourante et il était hors de question qu'il la ramène là-bas. Il devait la conduire à un endroit où ses pouvoirs seraient à leur apogée et où il pourrait la soigner de son mieux.

Il fonça droit sur les monolithes et sa magie rugit lorsque le portail s'ouvrit dans une explosion de lumière. Il serra Elise encore plus fort contre lui et ils traversèrent le passage magique doré et brûlant pour entrer dans Faërie.

Chapitre 24

Les poumons d'Elise la brûlaient à chaque inspiration. Ses blessures saignaient et elle avait du mal à s'accrocher, mais elle savait que Kian ne la lâcherait pas.

Il est venu me chercher.

Gatesbridge avait eu recours à la torture pour tenter de lui extirper les informations qu'il la pensait détenir. Son mutisme exaspérait tant ses bourreaux qu'ils venaient de sortir des pinces lorsque Kian avait débarqué comme une tornade. Elise avait cru halluciner en voyant une magie dorée désosser le bâtiment dans lequel elle était détenue.

Son prince était alors apparu. Son armure étincelait et il semblait si furieux que le type qui la tenait avait pissé dans son froc. Elise n'aurait jamais cru que la vue du prince de sang évoquerait en elle des images de salut et non de damnation. Kian était venu à sa rescousse et elle avait senti son cœur en lambeaux se remettre à battre.

Malgré la colère et la douleur confuses qu'il générait en elle, Elise s'agrippait à lui et sanglotait de soulagement. Elle baignait dans son odeur de sapin et de fumée et savait qu'elle ne craignait plus rien. Des runes scintillaient faiblement là où leurs peaux se touchaient, et le soleil de la magie avait recommencé à briller en elle.

Autour d'elle, elle apercevait une forêt sombre et des lumières scintillantes. Elle ne savait pas du tout où ils se trouvaient, mais une chose était sûre : il ne s'agissait pas des alentours de Salisbury.

Kian ralentit enfin l'allure et elle entendit un bruit d'eau vive entre les pierres et les arbres.

— Tout va bien, Elise, nous y sommes presque, murmura-t-il.

Ils traversèrent un bouquet d'arbres et arrivèrent dans une clairière remplie de fleurs luminescentes. Leur éclat n'était rien cependant à côté de l'eau turquoise d'où s'élevait de la vapeur. Elle palpitait d'une puissance si écrasante qu'Elise elle-même pouvait la percevoir.

— Où sommes-nous ? demanda-t-elle dans un murmure rauque.

— Devant un bassin curatif à Faërie.

Kian glissa à terre et l'aida à descendre du cheval. Elise ouvrit la bouche, puis la referma, muette de stupeur. Elle avait à peine la force de tenir debout et encore moins de se dévêtir, mais Kian se chargea de la débarrasser de ses vêtements et la porta dans l'eau chaude.

— Contente-toi de respirer, Elise. La puissance du bassin et moi ferons le reste, lui dit-il en la serrant contre son torse.

Elise appuya la joue contre lui et ferma les yeux. L'eau commença à la picoter et elle sentit la chaleur revenir petit à petit dans son corps.

D'une voix très douce, Kian se mit à chanter. Cela ressemblait à du gaélique et les runes commencèrent à palpiter et à danser sur la peau d'Elise. La magie de Kian se déversait en elle et la jeune femme, fascinée, regarda les plaies et les hématomes s'effacer sur ses mains. En quelques minutes, sa respiration se fit moins sifflante, et ses poumons et ses sinus s'éclaircirent.

— Plonge la tête sous l'eau pendant quelques secondes. (Elle enfonça les ongles dans ses bras et il la rassura aussitôt.) Ne crains rien, Elise. Je sais ce qui t'est arrivé cette nuit et je ne te ferai aucun mal. (Les larmes aux yeux, elle hocha la tête et retint sa respiration tandis que Kian l'inclinait lentement en arrière. Il ne la laissa qu'un instant sous l'eau avant de la remonter.) Et voilà. Ton visage devrait très vite aller mieux.

Il la serra de nouveau contre lui tout en chantonnant à voix basse et continua à la guérir de tous ses maux. Enfin, presque tous.

Lorsqu'elle se sentit mieux, elle le lâcha et nagea jusqu'à l'autre côté du bassin. Si elle restait contre lui, son esprit serait trop embrouillé pour qu'elle entame la conversation qu'elle voulait qu'ils aient. Kian ne la lâchait pas des yeux, comme s'il avait peur qu'elle disparaisse une nouvelle fois. La tension et la fureur qu'elle sentait en lui depuis leurs retrouvailles n'avaient pratiquement pas diminué et Elise voyait qu'il était tout près de la perte de contrôle.

— Ils m'ont montré ce que tu as fait à Londres, parvint-elle à articuler en serrant ses bras pour ne pas qu'ils tremblent.

— Je ne t'ai jamais caché ce que j'étais, lui répondit-il sèchement.

— Mais tu ne m'as pas non plus dit franchement ce que tu faisais !

Elise ravala ses larmes et tenta de se raisonner. *Tu es son esclave. Il n'a aucune explication à te donner.* Mais, contrairement à son attente, le visage de Kian ne se ferma pas.

— Je t'ai dit ce que les rois ont fait à mes frères et à tous les faes.

— Et alors ? ça justifie que tu massacres des innocents pour assouvir ta vengeance ? J'ai vu les bébés, Kian ! Ils étaient aussi innocents que vos jeunes faes ! hurla-t-elle, incapable de contenir davantage sa colère et son horreur.

Kian recula d'un pas comme si elle l'avait frappé.

— Attends, tu crois que j'ai tué ces enfants ?

— J'ai vu les guerriers qui les emportaient sur les vidéos. Qu'est-ce que je suis censée penser d'autre, avec les arbres sur les rives de la Tamise dont les branches croulaient sous le poids des corps de leurs parents pendus ?

— Nous n'avons fait aucun mal à ces bébés et nous ne leur en ferons jamais. Les faes chérissent leurs enfants et ces petits humains seront en sécurité au sein de leurs nouvelles familles, répondit-il avant de faire un pas vers elle, les yeux noirs de colère. Tu veux connaître la vérité dans toute son horreur, compagne ? La voici.

Kian posa la main sur le front d'Elise, qui se retrouva soudain dans une clairière en pleine forêt. Elle se tenait entre Killian et Bayn. Face à eux, Vortigern, Hengist, Horsa et cinquante soldats d'élite. Des salopards jusqu'au dernier.

— *Comme promis en échange de votre aide pour repousser les Pictes, nous jurons sur notre sang que les faes seront en sécurité tant que nous régnerons sur Albion. Si l'un d'entre nous ne respecte pas ce traité, il le paiera par le sang de sa lignée, déclara Vortigern.*

Hengist et Horsa répétèrent ses paroles, puis s'entaillèrent la paume. Les trois princes faes firent le même serment, qu'ils scellèrent en serrant les mains de leurs alliés.

La clairière disparut. Kian était désormais en train de courir entre les décombres fumants d'un village. Tout le monde criait et le sol était jonché de cadavres de femmes et d'enfants. Elise sentait résonner en elle la terreur et la souffrance du prince, qui, tout en toussant à cause de la fumée, cherchait des survivants dans les ruines en flammes. Le toit de la maison dans laquelle il se trouvait commença à s'effondrer, et Killian le tira de la bâtisse dans un vrombissement d'ailes.

Sans leur laisser le temps de se remettre ou de se venger, la magie s'abattit sur eux comme une chape de plomb. Au milieu de la fumée, des flammes et du sang, une femme somptueuse s'avança vers eux. Aoife, la sorcière, les tenait en son pouvoir et les força à s'agenouiller dans le sang des jeunes faes.

— Si tu m'avais choisie comme reine, Kian, rien de tout cela ne serait arrivé, dit-elle en lui caressant la joue.

La douleur physique commença alors, sous la torture et les coups. Elise vécut l'humiliation qu'il avait subie lorsque les soldats lui avaient arraché ses bois. Elle sentit sa peur lorsque les faes, enchaînés et poussés à coups de lances acérées, furent conduits à Stonehenge et forcés de franchir le portail. La malédiction d'Aoife avait dévasté les entrailles du prince, qui n'était plus que l'ombre de lui-même, un fantôme privé de sentiments.

À Faërie, les lamentations se prolongèrent pendant des mois. Elise vit Kian promettre à son peuple agonisant qu'il trouverait le moyen de revenir à Albion. Que le prix du serment trahi serait payé par les descendants de Vortigern, de Hengist, de Horsa et de tous les guerriers responsables du massacre. Tous donneraient un enfant aux familles qui avaient perdu les leurs.

Vinrent ensuite les années de culpabilité. S'il avait cédé aux avances d'Aoife, ce carnage aurait-il pu être évité ? Cette question ne cessait de le tirailler. Au fil des siècles, ses frères avaient renoncé à essayer de le consoler, car leurs propres malédictions les mettaient eux aussi lentement en pièces.

Elise ressortit de ces souvenirs avec un cri de douleur. Kian la saisit par les coudes pour lui éviter de glisser sous l'eau. Il tremblait et des larmes coulaient sur ses joues.

— J'ai fait ce que mon serment m'engageait à faire, Elise, et jamais je ne le regretterai, lui expliqua-t-il en serrant les doigts sur ses bras. J'entends encore leurs pleurs dans mon sommeil. J'ai l'odeur de leur sang dans les narines, la sensation de leurs petits corps brisés dans les mains. La seule nuit où j'ai été libéré de ce cauchemar, c'est celle que tu as passée à mon côté. Tu connais désormais l'horreur qui hante ma vie et mon esprit. Le fardeau que représente pour moi l'obligation de réparer tout ce qui a été démoli. Je ne peux pas revenir sur ce que j'ai fait à Londinium. Même si je le pouvais, je ne rendrais pas ces enfants à leurs parents légitimes. Je serai toujours un monstre, mais je suis *leur* monstre.

Elise prit son visage entre ses mains.

— Et le mien, Kian.

Visiblement surpris, il l'attira contre lui et la serra si fort que ses côtes craquèrent.

— Mon Elise, je m'excuse de tout le mal que j'ai pu te faire. Je suis désolé de ce que Fionn et ces humains de malheur t'ont fait subir, dit-il en enfouissant le visage dans le cou de sa compagne.

Voir un être aussi puissant craquer et exposer sa vulnérabilité était très déstabilisant. Terrassés par ce qu'ils ressentaient et ce qu'ils voyaient, ils se serrèrent l'un contre l'autre jusqu'à ce qu'ils aient retrouvé un semblant de calme.

— Je suis désolé si tu as été effrayée par ce que tu m'as vu faire. Tu n'as aucune idée de ce que l'on ressent en étant contraint par la magie et par l'honneur à respecter un tel serment qui ne mène qu'à la mort, dit-il en relâchant un peu son étreinte.

— Je crois que si, répondit-elle en repensant aux horreurs de son propre passé.

Kian lui caressa le dos en petits cercles.

— Parle-moi, Elise. Tu sais que je ne te jugerai pas, quoi que tu aies à me dire.

Il est le seul à pouvoir me comprendre.

— Ma mère a quitté mon père quand j'avais quatre ans. C'est lui qui m'a élevée et on était très proches, commença-t-elle tandis qu'une boule se formait dans la gorge. Quand il est tombé malade, mon univers s'est effondré. J'ai renoncé à tous mes rêves, à toutes mes ambitions pour prendre soin de lui. Il n'était pas du tout d'accord, mais il est vite devenu trop faible pour discuter. Il m'a fait promettre que, si son état empirait au point qu'il ne puisse plus parler ou bouger, je… l'aiderais à mourir.

L'odeur chimique de sa chambre d'hôpital lui revint d'un seul coup et elle dut faire un effort pour calmer sa respiration. Elle n'en avait jamais parlé à personne.

— Il a sombré très vite. Le jour où il n'a plus été capable que de cligner des yeux et de m'implorer par le regard, j'ai attendu un changement de garde des infirmières et je l'ai… je l'ai étouffé avec un oreiller.

C'était la première fois qu'elle prononçait ces mots à voix haute. L'horreur de cette chambre d'hôpital ne la quitterait jamais.

— Tu as honoré ta promesse alors que tu n'étais liée par aucun serment magique. Tu as fait ce qu'il fallait, Elise. Personne ne devrait vivre ainsi, dit Kian en l'embrassant sur le sommet de la tête.

Elise sentait que ses paroles étaient sincères et cela lui fit du bien.

— Le jour où tu as attaqué le train, je cherchais encore le moyen de reprendre ma vie en main, de ranimer la flamme de mes rêves et de mes ambitions.

— C'est le destin qui est intervenu, répondit-il. (Elise le regarda curieusement, ce qui le fit sourire.) Je n'ai aucun regret. Il nous a réunis.

— Et il t'a apporté le moyen d'échapper à ta malédiction. Comme ça tombe bien pour toi !

Elise prit son courage à deux mains et lui posa la question qui lui brûlait les lèvres :

— Est-ce que tu es venu à ma rescousse uniquement parce que tu as besoin de mon sang ?

L'expression de Kian s'adoucit et il repoussa une boucle mouillée derrière l'oreille de la jeune femme.

— Non. C'est parce que tu es ma compagne.

Chapitre 25

Elise grimaça, et Kian en conclut qu'il avait intérêt à bien peser ses paroles, car elle n'était pas d'humeur à accepter des mensonges. Il voyait à son expression qu'elle cherchait à trouver un sens à ce qu'il venait de dire.

— Comment ça, je suis ta compagne ?

— C'est dur à expliquer.

— Essaie.

La nuit avait déjà été très éprouvante, alors une difficulté en plus ou en moins… et, de toute façon, il était trop tard pour s'en sortir par une pirouette.

— C'est lié à la magie d'Aisling. Elle fait que seules nos compagnes peuvent lever nos malédictions. Mes frères et moi pensions qu'elle disait cela uniquement pour que nous ne perdions pas espoir. Elle nous a aussi expliqué que nos compagnes seraient humaines, de la lignée des rois.

— Attends, tu penses que je suis la descendante de Vortigern, ou un truc comme ça ?

— Pas de Vortigern. De Hengist. Et je peux te l'affirmer parce que, la nuit de la pleine lune, j'ai vu son visage après avoir bu ton sang.

Comme Elise semblait prendre les choses avec calme, il continua :

— Les couples de ce genre sont rares parmi les faes. Ce sont… deux moitiés d'un tout. Les partenaires liés de cette manière se rendent mutuellement plus forts. Ils sont unis par la magie. C'est ce lien que j'ai suivi cette nuit pour te retrouver.

— Ils m'ont montré des vidéos du jour où je t'ai sauvé la vie. Je me suis vue courir à une vitesse inimaginable. C'était à cause du lien ? lui demanda-t-elle en se mordillant la lèvre inférieure.

Kian hocha la tête.

— Oui. On dit que des compagnons peuvent partager certains attributs, la force par exemple, lui expliqua-t-il.

Il n'osa pas aborder la question des autres traits faes qu'elle risquait de manifester à tout moment. Leurs caractères bien trempés et la passion qui les consumaient étaient déjà assez semblables comme cela.

— C'est aussi pour cela que je ne pouvais pas te regarder mourir. Je ne pouvais pas les laisser t'abattre. Je n'avais même pas le choix. (L'expression d'Elise vira de la curiosité à la fureur.) Non, je n'avais pas le choix. Je ne porte plus tes bracelets, mais ce statut de compagne est une autre forme d'esclavage, tu ne crois pas ?

Kian jugea prudent de s'éloigner à l'autre bout du bassin. La comparaison qu'elle venait de faire lui faisait l'effet d'un coup de pied dans les bijoux de famille.

— Seulement parce que c'est toi qui me tiens en laisse, et pas l'inverse, répliqua-t-il en croisant les bras. Tout à l'heure, j'ai complètement perdu la tête quand j'ai vu que tu avais disparu. Je suis allé dans le camp humain, mais j'ai hésité à te libérer parce que le seul souhait d'un fae est que sa compagne soit heureuse et en sécurité. Mais ce n'était pas ton cas parmi eux. Tu m'as appelé par mon nom à travers notre lien et j'étais prêt à tous les massacrer pour te récupérer. Je suis l'un des faes les plus puissants de notre longue histoire mais, face à toi, je me retrouve sans défense ! Donc, oui, je suis ton esclave dans tous les sens du terme.

Elise en resta bouche bée.

— Tu sais que je suis ta compagne depuis la pleine lune ?

— Oui. Aisling l'a confirmé, mais ce n'est pas ce que je voulais, ni pour toi ni pour moi. J'ai passé cet accord avec toi, ton sang contre ta liberté, mais à ce moment-là je ne m'étais pas encore aperçu que j'étais tombé amoureux de toi et que le lien était déjà présent. Je te désirais. Et jamais je ne cesserai de te désirer.

— Je vois. (Elise sourit, ce qui ne manqua pas d'inquiéter Kian.) Donc, puisqu'il paraît que je suis ta compagne et que je te tiens en mon pouvoir, je peux te demander tout ce qui me passe par la tête et tu ne pourrais pas dire non ?

Eh merde ! Il n'aimait pas du tout le tour que prenait cette conversation.

— Comme te baiser jusqu'à ce que tu t'évanouisses de plaisir ? Tout à fait.

C'était une vile tentative pour changer de sujet. Elise rougit, mais ne s'y laissa pas prendre.

— Bien essayé, mais j'avais autre chose en tête. (Elle carra les épaules et fixa son regard bleu perçant sur lui.) En tant que compagne, j'exige que tu m'accordes une nuit à Londres pour te prouver que les humains ont des choses à offrir aux faes. Si tu es convaincu, tu en parleras à tes frères et vous proposerez une nouvelle alliance aux humains.

— Et si je ne suis pas convaincu ?

— Je suis sûre que les choses n'en arriveront pas là, répliqua Elise en levant son petit menton obstiné. C'est mon peuple, Kian. Après tout ce que les faes et les humains se sont fait, la solution ne peut pas être un nouveau bain de sang. Nous devons nous élever au-dessus de tout cela. Tu ne comprends donc pas ? Nous pouvons être la passerelle entre nos deux peuples.

Évidemment, il avait fallu que le destin lui réserve une compagne rusée, dominatrice et idéaliste. En d'autres circonstances, il aurait apprécié ce feu qui brûlait en elle. Il tenta de se rappeler qu'il était un négociateur, un diplomate, et qu'il avait besoin d'obtenir certaines choses.

— En tant que compagnon, je serais prêt à t'accorder cette requête, lui répondit-il en étudiant ses ongles. Mais, comme tu n'as pas dit que tu acceptais notre lien, rien ne me force à l'envisager.

— Va te faire foutre ! siffla Elise.

Kian fronça les sourcils.

— Pardon ?

— J'ai dit « va te faire foutre », prince de mes deux. J'ai subi la *torture* pour toi tout à l'heure parce que je refusais de leur donner des informations qu'ils auraient pu utiliser contre toi. Je me suis pris une balle dans le bras quand on a voulu te tuer. J'ai accepté de coucher avec toi, et il n'y a eu aucune coercition magique quant à cette partie de notre relation. Mais je rêve ! Comment oses-tu me sortir que je n'ai pas accepté notre lien ? Donc va. Te. Faire. Foutre.

— Que j'aille me faire foutre ? (En un clin d'œil, Kian la sortit de l'eau et la coucha sur le tapis de fleurs étoilées.) Pourquoi est-ce que j'ai hérité d'une telle grande gueule comme compagne ? Est-ce que tu cesseras jamais d'être une humaine infernale ?

— Et toi ? est-ce que tu vas jamais cesser de te comporter comment un crétin arrogant ? répliqua-t-elle en le saisissant par les cheveux pour l'approcher d'elle.

— Non, mais je vais t'apprendre à témoigner un semblant de respect à ton compagnon.

— Et si, pour une fois, tu essayais de le mériter, espèce de…

Kian l'embrassa et la fit taire avec sa langue et ses lèvres tout en dévorant sa bouche délicieuse et trop bavarde. Son goût exquis fit disparaître les sombres pensées qui l'assaillaient depuis le moment où il avait constaté sa disparition.

— Tu es tout à moi, ronronna-t-il.

Le prince passa la main sur ses côtes et la referma sur son sein, pour bien marquer qu'il était sien. Elise enroula ses cuisses chaudes autour de sa taille et prit son érection entre ses doigts.

— Prouve-le, le provoqua-t-elle.

Elle serra les doigts et passa le pouce sur le sommet de son gland. Kian ôta violemment sa main et la pénétra d'un coup sec. Elle était si brûlante et si mouillée qu'il se mordit la langue jusqu'au sang. Les muscles internes d'Elise se crispèrent et elle souleva les hanches pour l'entraîner encore plus loin en elle. Puis elle l'embrassa et lui suçota la lèvre supérieure pour lui faire comprendre à quel point elle s'impatientait.

Kian adopta un rythme d'une lenteur insupportable. Les runes réapparurent sur leur peau et Elise rompit le baiser pour haleter son prénom. C'était un son dont il ne se lasserait jamais, même s'il vivait encore mille ans. Elise s'agrippa à ses bois et, lorsqu'il roula sur le dos, elle se mit à califourchon sur ses hanches. Comme le prince l'avait prévu, elle en profita pour accélérer la cadence et glissa les mains sous son dos pour le labourer de ses ongles.

— Mon compagnon, dit-elle en le serrant contre lui.

— Oui, répondit-il.

Ses canines s'allongèrent et Elise les toucha. Leurs pointes lui entaillèrent le doigt, mais elle ne frissonna même pas. Au contraire, elle en passa le bout ensanglanté sur sa lèvre supérieure tout en exécutant des cercles avec ses hanches. Kian poussa un cri et tenta de se maîtriser pour ne pas jouir avant elle.

— Maudite humaine infernale ! grogna-t-il.

Elle éclata de rire et pencha la tête vers lui. Ce simple geste suffit à faire basculer Kian. Il la mordit et les fit chavirer l'un et l'autre dans l'orgasme. Elise enfonça les ongles et les dents en lui et le chevaucha sans relâche pour tenter de prolonger ces trop courtes secondes d'extase. Kian, surexcité, resserra encore plus son étreinte.

La magie se mit à flotter entre eux, et ce dernier élément finalisa leur union. Rien ni personne n'aurait plus jamais la priorité sur elle.

Elise poussa un soupir de contentement et l'embrassa.

— Alors, quand est-ce qu'on part pour Londres ?

Cela fit rire Kian. Il reconnaissait bien là sa compagne, toujours prête à négocier.

— Quand nous pourrons y aller sans risque, Elise. Je te promets de faire de mon mieux pour garder l'esprit ouvert face à ce que tu veux me montrer, mais je ne peux pas te garantir que je serai convaincu.

Elise le serra dans ses bras.

— C'est tout ce que je te demande. Mais tu sais que je ne renoncerai pas tant que tu n'auras pas adopté mon point de vue.

Kian l'embrassa sur les cheveux.

— Je n'en attends pas moins de toi.

Pour la première fois en mille cinq cents ans, il envisageait l'avenir avec espoir. Et il était prêt à tout pour qu'elle en fasse partie.

Chapitre 26

La compagne de Kian. Eh ben merde alors !

Plus Kian lui en parlait, plus Elise voyait son propre comportement de ces dernières semaines sous un jour nouveau. Elle s'était métamorphosée un peu plus chaque jour et elle savait désormais pourquoi. En partie, tout du moins. Les runes qui scintillaient sur elle lorsqu'ils étaient peau contre peau n'étaient que les prémices de l'étrangeté dans laquelle elle serait probablement bientôt plongée.

Ils étaient revenus au château depuis deux jours et Kian avait passé la majeure partie de son temps à enquêter sur la trahison de Fionn et à traquer ses complices éventuels. Elise ne s'en était pas mêlée et s'était cloîtrée dans sa bibliothèque bien aimée. Elle ne savait que penser du scandale qui éclaterait lorsque Kian annoncerait aux faes que lui, leur prince, avait choisi une humaine pour compagne. Peut-être resterait-elle dans la bibliothèque jusqu'à ce que les choses se calment.

Les bassins curatifs de Faërie l'avaient remise sur pied, aussi bien physiquement que mentalement.

Jamais elle ne s'était sentie aussi légère depuis le début de la maladie de son père.

À certains moments, la pensée qu'elle pouvait être la moitié d'un être tel que le prince de sang l'angoissait. *Qu'est-ce que cela dit de moi ?*

Kian ne manquait alors jamais d'apparaître en quelques secondes, l'embrassait sur le front et repartait tout guilleret, la laissant avec un grand sourire sur les lèvres. Il jouait de ses états d'âme en virtuose. *Décidément, il est insupportable.*

— Tu es sûre d'être habillée assez chaudement ? lui demanda le prince pour la troisième fois de l'après-midi.

— Tu veux bien arrêter de me harceler, compagnon de mon cœur ? soupira-t-elle en montant sur le cheval.

— Jamais de la vie.

Il se mit en selle derrière elle et la serra par la taille. Il faisait de son mieux pour avoir l'air contrarié, mais échouait lamentablement. Chaque fois qu'Elise l'appelait « compagnon », le prince psychopathe qu'il était fondait comme de la guimauve… ou la punissait de la manière la plus tendre.

Les guerriers étaient alignés en rangs de chaque côté des portes et Cora, la nouvelle générale, les salua d'un bref hochement de tête lorsqu'ils passèrent. Après la révolte causée par les pendaisons sur les rives de la Tamise, elle n'appréciait pas que le prince se rende à Londres sans escorte. Il avait eu beau l'assurer qu'il mobiliserait sa magie pour se donner une apparence humaine, Cora campait toujours sur ses positions.

Ils allaient enfin à Londres, mais ils avaient un arrêt à faire en chemin.

Pour une ville située si près de Stonehenge et du château, Salisbury était remarquablement épargnée par la présence des faes. Kian avait expliqué à Elise que ses guerriers s'étaient concentrés sur Londres, mais ce ne fut qu'en apercevant de ses propres yeux les rues qu'elle connaissait si bien qu'elle se résolut à le croire.

Ils s'arrêtèrent devant son cottage. Pour Elise, retrouver son ancienne existence avait quelque chose d'étrange. Le jardin était en manque flagrant de soins malgré la mise en sommeil hivernale mais, à part cela, la maison semblait intacte.

— Je n'en ai pas pour longtemps, dit-elle en glissant à terre.

Elle récupéra la clé cachée sous un pot de fleurs et ouvrit la porte. L'intérieur sentait les bougies au jasmin qu'elle aimait tant, mais aussi le renfermé après ces semaines sans aération. Elle constata avec soulagement que personne ne s'était introduit par effraction et que tout était en place. Elle décrocha son téléphone et composa le numéro de Chrissy. Retenant sa respiration, elle laissa passer une sonnerie, puis deux, puis…

— Allô ?

C'était la voix de Chrissy, qui sonnait comme si elle venait de se réveiller.

— Coucou, c'est Elise, répondit-elle, soudain très gênée.

— Elise ? Tu es où ? Qu'est-ce qui t'est arrivé ? demanda Chrissy, dont la surprise se mua vite en colère. Je croyais que t'étais morte !

— Je vais bien, je te le jure. J'étais avec les faes, se hâta-t-elle d'expliquer.

— Avec. Les. Faes.

Chrissy souffla par le nez et Elise imagina sans mal son expression contrariée.

— Ouais. Avec le prince, pour être exacte.

Ledit prince se tenait dans le salon et examinait de vieilles photos d'école, où on la voyait avec des couettes et des dents manquantes.

— Grands dieux, j'y crois pas ! Qu'est-ce qui se passe, Elise ?

— Écoute, je n'ai pas beaucoup de temps. Je voulais juste entendre ta voix et m'assurer que tu étais bien en vie. J'ai des choses à régler et je voulais te proposer de t'installer chez moi. Je sais que tu en as marre de vivre chez ta sœur et ses gosses. Moi, je n'aurai plus besoin du cottage. J'aimerais que tu ne sois pas loin de moi.

— Je ne sais pas quoi dire… mais oui, oui, je vais m'installer dans ton petit cottage trop mignon à la campagne, près de Stonehenge. Un endroit aussi magique que je l'affirmais depuis des années, soit dit en passant. Et toi, tu vas vivre où ?

Elise jeta un regard à Kian, qui écoutait leur conversation en faisant de son mieux pour ne pas sourire.

— Dans le château. Je serai au service du prince. La bibliothèque est aussi dégoûtante que son propriétaire.

Le regard de Kian disait clairement qu'il était prêt à lui montrer à quel point il pouvait se montrer dégoûtant.

Mais dites-moi que je rêve...

— Je ne sais pas si tu t'en rends compte, mais tu es complètement dingue. Le gouvernement est en train de décider du jour où il balancera une bombe nucléaire sur ce putain de château et, toi, tu y retournes de ton plein gré ?

— Exactement. Et ne t'en fais pas pour le gouvernement. Là aussi, j'ai ma petite idée. (Chrissy poussa de nouveau des hauts cris, mais Elise ne se laissa pas démonter.) La clé sera sous le pot de fleurs au liseré bleu. Je viendrai bientôt te rendre visite, alors ne jette pas mes affaires, compris ? Bon, à bientôt !

Elle raccrocha et se retourna pour se retrouver face à Kian, qui la regardait les bras croisés.

— Pourquoi ne lui as-tu pas dit que nous étions unis ?

— Probablement pour la même raison qui fait que tu ne l'as pas dit aux faes. Elle avait déjà encaissé assez de chocs comme ça et je ne voulais pas l'affoler encore plus.

Sur ces mots, elle le planta là et se dirigea vers sa chambre. Elle prit un sac à dos et y fourra toute sa lingerie, car la version fae du soutien-gorge n'était d'aucune efficacité pour ses seins. Elle prit aussi des pots de crème pour la peau, une photo de son père et son ordinateur portable. Elle allait devoir en économiser la batterie et venir au village pour la recharger, mais elle voulait montrer à Kian… tout, en fait. Elle voulait lui créer une *playlist* de ses morceaux préférés. Lui faire lire ses livres favoris. Mais, avant tout, elle voulait lui montrer le monde au-delà de l'Angleterre.

Cesse de tirer des plans sur la comète. Tu dois déjà commencer par arrêter une guerre, tu te rappelles ?

— Je suis prête, on peut y aller. (Elle s'engagea dans l'étroit escalier, mais découvrit que Kian en bloquait la dernière marche. Elle descendit jusqu'à se retrouver face à lui.) Qu'est-ce qui ne va pas ?

— Tu abandonnes ta demeure pour t'installer chez moi. C'est très important pour moi.

Kian semblait bouleversé par l'émotion. Par les sentiments qu'il redécouvrait depuis leur union. Elise le récompensa par un rapide baiser.

— Je ne l'abandonne pas, je la prête à une amie. Je pourrai toujours y revenir quand je me serai lassée de ton sale caractère, répliqua-t-elle sur un ton irrévérencieux.

— Je n'arrive pas à savoir si tu plaisantes ou pas, répondit-il en fronçant les sourcils. Tu mets ma patience à l'épreuve.

Elise sourit en battant des cils.

—Nous ferions mieux d'y aller, *compagnon*. (Les coins de la bouche de Kian tressaillirent, mais il ne releva pas. Elise prit les clés de sa voiture, accrochées au mur.) J'espère que ta magie de transformation est puissante, sinon tu ne rentreras jamais dans ma petite Jeep.

La transition s'opéra en un clin d'œil. Les bois de Kian disparurent, ses cheveux raccourcirent jusqu'à ses épaules et ses vêtements se muèrent en un long manteau, une chemise blanche, un pantalon élégant et des chaussures classiques. Elise en resta abasourdie.

—Qu'est-ce qu'il y a ? C'est trop ?

—Non, ça devrait aller. (Même sous cet aspect sobre, il était beau à tomber. Elle se dressa sur la pointe des pieds et passa les mains dans ses cheveux.) Tu as l'air bizarre sans tes bois, commenta-t-elle.

—Ne t'en fais pas pour ça. Tu pourras t'y agripper de nouveau avant la fin de la nuit, répondit-il en l'embrassant.

Il était plus que temps qu'ils y aillent, parce que, s'il continuait à la regarder avec une telle flamme dans les yeux, jamais elle ne quitterait le cottage.

Elle mit le contact de sa voiture en croisant les doigts et même les orteils. Le véhicule démarra au troisième essai et elle poussa un soupir de soulagement. Mais à peine s'étaient-ils engagés dans la rue que Kian dressa des barrières protectrices autour d'eux.

— Hé, je conduis pas si mal que ça, quand même ! protesta-t-elle.

— Je n'ai pas peur que tu percutes quelque chose, mais que quelque chose nous percute.

Il serrait si fort la portière que ses doigts en étaient blancs. Elise avait si peu l'habitude de le voir dans un tel état de nervosité qu'elle avait du mal à se retenir de rire. Elle venait de passer plusieurs mois dans un état permanent d'ébahissement et de terreur. La situation s'inversait, ce qui n'était pas pour lui déplaire. Mais, dès qu'elle alluma la radio, réglée sur une chaîne de musique classique, Kian oublia aussitôt le trafic, fasciné par cette nouvelle découverte.

Malgré l'attaque des faes et les chênes inquiétants qui bordaient la Tamise, Londres connaissait la même activité que d'habitude. Elise s'était attendu à voir au moins plusieurs rues barrées, mais, de toute évidence, le retour de créatures mythiques ne suffisait pas à ralentir les affaires.

Conduire dans Londres était une torture qui semblait encore empirer avec le coucher du soleil. Elise se gara n'importe où dans une rue près du British Museum et Kian camoufla la voiture pour éviter qu'elle soit emmenée à la fourrière. Être la compagne d'un prince fae avait ses avantages. Grâce à sa magie, il convainquit aussi les gardes de nuit de leur ouvrir les portes et de les laisser entrer avec le sourire.

— N'oublie pas de garder l'esprit ouvert, lui rappela Elise en lui prenant la main.

Comme il ne l'avait pas crue lorsqu'elle lui avait parlé des statues de lions ailés, elle l'emmena droit à la collection assyrienne.

—Jamais je ne me serais douté que les humains étaient doués de telles qualités artistiques.

Sans se soucier des panneaux d'interdiction, il passa les doigts sur les flancs d'un lion sculpté.

—Attends qu'on arrive à la section égyptienne, lui répondit Elise avec un rire ravi.

Elle décida qu'il valait mieux ne pas lui montrer tout ce qui avait trait à la période anglo-saxonne pour éviter de provoquer sa fureur.

Elle observait les réactions du prince. Lorsqu'un objet lui plaisait particulièrement, son visage s'illuminait et il s'arrêtait pour le toucher et l'examiner. Le fait que la civilisation égyptienne soit aussi ancienne que les faes le fascinait et il prit même un livre sur le sujet dans la boutique.

Comme ils ne disposaient que d'une seule nuit, Elise l'emmena ensuite à la National Gallery. La légende disait que les faes étaient férus d'art, mais jamais elle ne se serait attendue à ce que Kian exprime une telle joie lorsqu'il découvrit les peintures et les sculptures. Devant les œuvres qui le touchaient le plus, son regard se figeait, comme s'il se noyait dans le tableau ou dans les émotions qu'il éveillait en lui.

Ils s'arrêtèrent devant le *Judith décapitant Holopherne*, d'Artemisia Gentileschi. Elise repensa à sa première nuit de captivité et à sa tentative d'assassinat ratée.

— Ton sourire est bien diabolique, compagne. J'espère que ce tableau ne te donne pas d'idées, dit Kian en haussant un sourcil.

— Non, plus maintenant, répondit-elle en contenant son rire.

Kian passa le bras autour de ses épaules et l'embrassa sur les cheveux.

— Nous allons devoir rentrer, murmura-t-il. J'ai très envie de revenir pour continuer à explorer cet endroit. Il faudra que tu m'y ramènes.

— Je te le promets. J'ai encore un dernier endroit à te montrer, dit-elle en le dirigeant vers la sortie.

Si elle connaissait l'existence de ce lieu, c'était uniquement grâce à Chrissy. Sa sœur, Lou, avait eu du mal à tomber enceinte de son deuxième enfant et avait dû avoir recours à une aide médicale.

Devant la façade bleu clair et grise de la clinique, Kian, les sourcils froncés, lisait les panneaux d'information.

— Pourquoi m'as-tu amené ici, Elise ?

— Tu m'as dit que vous avez très peu de jeunes parce que les faes ont des soucis de conception. La science humaine pourrait peut-être vous aider.

Elle lui expliqua de son mieux le principe de la fécondation *in vitro*. Avec quelques modifications pour s'adapter à l'anatomie des faes, cette technique leur permettrait peut-être d'améliorer leur taux de natalité. C'était un moyen de rattraper la génération perdue et de minimiser les risques des grossesses à venir.

Kian, le prince de sang, le chef de guerre le plus cruel de toute l'histoire des faes, le fléau de Londres, fondit en larmes.

Chapitre 27

Kian attendit que ses frères apparaissent dans le miroir. Il se demandait s'il trouverait les mots à même d'exprimer tout ce qu'il avait appris.

— Petit frère, tu commences à prendre la sale habitude de m'appeler quand je suis occupé à autre chose, grommela Killian, dont les ailes de corbeau et les cheveux noirs commençaient à apparaître dans la pénombre.

— J'espère pour toi que ça vaut le coup, ajouta Bayn avant que son image se matérialise à côté de celle de Killian. Et toi, on peut savoir ce que tu foutais, putain !?

— Je profitais de la vie, petit glaçon, et tu ferais bien d'en prendre de la graine, lui répondit Killian. Après ces siècles d'exil, on le mérite. Alors, Kian, et ta jolie petite compagne ? Elle est toujours ton esclave ?

Du givre apparut sur les bras de Bayn, dont la magie trahissait les émotions.

— Une compagne ? Quelle compagne ? Attends, ne me dis pas que c'est la fille aux roses, quand même !

— Arrêtez, vous voulez bien ? intervint Kian. Écoutez-moi.

Ils obtempérèrent, l'air soucieux. Kian comprenait leur inquiétude. Ses cheveux étaient désormais rouges jusqu'aux épaules et ses bois avaient même commencé à noircir. La malédiction disparaissait et il ne pouvait pas le cacher.

— Que s'est-il passé, Kian ? lui demanda Killian, dont les yeux verts exprimaient toutes les émotions qui faisaient rage en lui.

Des trois frères, il avait toujours été le plus fougueux.

— Je me suis uni à ma compagne et ma malédiction s'évapore.

Il leur parla d'Elise sans taire un seul détail. Il leur expliqua comment il en avait fait son esclave, le malaise dont il ne parvenait pas à se défaire, ce qui s'était passé à la pleine lune, la trahison de Fionn.

— Je t'avais bien dit que ce connard commençait à prendre la grosse tête, marmonna Bayn.

— Ta compagne est saine est sauve ? s'enquit Killian, les sourcils froncés.

— Oui, je l'ai sauvée et j'ai finalisé le lien.

Killian se détendit et ricana.

— Bon, ben, j'imagine que les félicitations sont de rigueur ?

— Et puis quoi encore ? protesta Bayn, qui recommençait à se givrer d'impatience. Il nous cache quelque chose, Kill.

— Je ne cache rien du tout. Ma compagne m'a conduit à Londres et m'a montré beaucoup de choses…

Il tenta de leur expliquer les merveilles du British Museum et de la National Gallery et garda la plus grosse surprise pour la fin. Ses frères restèrent sans voix, comme il l'avait été, en découvrant les possibilités offertes par la science pour lutter contre l'infertilité.

— Ça ne paraît pas possible, finit par dire Killian.

— Et, même si ça l'est, je doute que les humains soient très chauds pour nous aider. Ils vont chercher à nous exterminer, pas à faire en sorte que nos femelles puissent procréer, renchérit Bayn.

— On ne peut pas le savoir tant qu'on ne le leur aura pas demandé, reprit Kian. (Il but une gorgée de vin pour se donner du courage.) Elise m'a convaincu de leur proposer une alliance.

Il n'entendit pas les insultes de Bayn ou la réponse sarcastique de Killian. Elise venait d'entrer dans la pièce. Ses cheveux cascadaient en boucles brillantes et son regard bleu semblait troublé. En voyant les frères de Kian dans la glace, son visage s'illumina de surprise. Et, lorsqu'elle entendit leurs protestations et leur langage cru, un petit sourire malicieux apparut sur ses lèvres.

Qu'Arawan nous damne, elle va les affronter !

Elise s'assit sur le bras du fauteuil de Kian et lui entoura les épaules.

— Bonsoir ! Vous devez être les frères de Kian ! leur dit-elle avec entrain. (Les deux princes se turent et la regardèrent, bouche bée. Probablement parce qu'ils n'avaient jamais vu de femme assez intrépide pour témoigner une telle affection à leur frère.) Qui est Bayn et qui est Killian ?

— Gente dame, je suis Killian, le seul frère qui vaille la peine d'être rencontré, dit ce dernier en s'inclinant bien bas. (Il lui adressa ensuite un sourire que Kian avait vu faire des ravages à la cour.) Tu es encore plus belle que je l'avais imaginé et Kian n'est pas digne de toi.

Elise éclata de rire.

— Sur ce point, tu as raison.

— Dis-moi, qu'est-ce qui te fait croire que les humains désirent une alliance, ma fille ? intervint Bayn Ils t'ont torturée, je te rappelle. Tu penses vraiment que c'est une bonne idée ?

Kian, indigné par le ton qu'il prenait avec sa compagne, était sur le point d'exploser, mais Elise le retint.

— Oui. Nos deux peuples ont beaucoup de choses à partager. Tu as peut-être encore soif de vengeance, Bayn, mais tu dois prendre en compte le fait que les autres faes ne sont pas aussi puissants que toi. Tu es mourant. Pas eux. Bientôt, tu ne seras plus là pour les protéger et pour intimider les humains. Dès que tu seras mort, ils s'en prendront aux autres faes. Ne me dis pas que tu te fiches à ce point de ce qui peut leur arriver, provoqua-t-elle le prince de l'hiver avec un regard aussi glacial que le sien. Et ne m'appelle plus jamais « ma fille » sur ce ton condescendant.

Bayn rougit, ce qu'il n'avait pas fait depuis des siècles Killian, quant à lui, rejeta la tête en arrière et éclata de rire.

— Ben merde ! Kian, c'est bien ta compagne, ça ne fait aucun doute, dit-il en essayant de reprendre son souffle. Quelle que soit ta décision, je la soutiendrai. J'ai toujours voulu le bien de notre peuple. Comme notre nouvelle sœur vient de l'indiquer, nous sommes attendus aux halles de l'au-delà d'Arawan, contrairement aux autres faes. J'ai confiance en toi. Si tu as besoin de mes services, appelle-moi, mais seulement si c'est strictement nécessaire. Je veux passer mes dernières années en Irlande, trop saoul pour m'inquiéter de l'approche de la mort.

Killian envoya un baiser à Elise, puis s'évapora.

— Pas question que je renonce aux terres que j'ai conquises dans le Nord, déclara Bayn, les bras croisés. Prends cela en considération dans tes futures négociations. Fais savoir aux humains que, s'ils s'entêtent, je reste prêt à transformer Albion en désert de glace. S'ils provoquent ma colère, je ne me contenterai pas de faire pousser quelques arbres à pendus. Prends soin de toi, ma sœur. Tu vas avoir grand besoin du feu qui brûle en toi. Kian, essaie de ne pas oublier qui tu es et ne laisse pas ta compagne te priver de tes couilles et de ta volonté.

Il secoua la tête en signe de frustration et disparut à son tour en marmonnant son adieu :

— Crétin transi !

— Ils ont l'air sympas, commenta Elise.

Kian éclata de rire et enfouit le nez dans son cou.

— Ils ont beau avoir plus de mille ans, ils réagissent encore comme des gamins. Tu t'es très bien débrouillée. Moi, j'aurais passé la nuit à m'engueuler avec eux.

— La première partie du plan est terminée. Maintenant, on n'a plus qu'à s'attaquer à la deuxième.

Elle glissa du bras du fauteuil pour se nicher sur ses genoux et Kian la serra contre lui.

— Tu sais que la deuxième partie ne me plaît pas.

— Oui, mais c'est le seul moyen. (Elle l'embrassa sur le menton. Comme toujours dès qu'elle le touchait, Kian sentit une vague de chaleur passer dans ses veines.) Va parler aux faes. Moi, je me charge des humains.

Kian se demanda lesquels des deux… il allait détester le plus.

Elise aurait préféré ne jamais revoir le camp humain. Cora, du haut de son cheval, scannait la zone de ses yeux dorés. Kian avait insisté pour qu'elle escorte sa compagne, car il était la seule en qui il avait confiance pour assurer sa sécurité.

Cora était très intimidante. Sa peau noire était couverte de pastel bleu luminescent et sa coiffure une sorte de crête de Mohican constituée de multiples nattes ornées de plumes de corbeau. Armée d'une lance dorée et d'un bouclier, elle semblait plus que prête à attaquer le camp à elle seule.

— Laissez-moi vous générer une bulle de protection magique, ma dame, avant que nous allions plus loin, dit-elle, les yeux fixés sur la patrouille la plus proche.

— Merci, ce serait… Attendez, comment vous venez de m'appeler ?

— Vous êtes la compagne du prince. « Ma dame » est le seul terme suffisamment respectueux.

— C'est lui qui vous l'a demandé ?

Cora secoua la tête.

— Ce n'était pas nécessaire. J'étais là quand il a tué Fionn. C'était la première fois que je voyais une telle rage à cause d'une compagne.

— Mais… aucun des autres guerriers n'a rien dit ! Je pensais que personne n'était au courant.

— Ils ont assez de jugeote pour ne pas poser la question. Au début d'une union, les tempéraments sont… volatils. Mieux vaut éviter de contrarier les personnes concernées tant qu'elles n'en ont pas fait l'annonce elles-mêmes, répondit Cora en haussant les épaules. Les guerriers se tiennent un peu à l'écart de Kian, surtout depuis ce qui est arrivé à Fionn. Cet abruti aurait dû voir les signes de votre union. Il ne peut s'en prendre qu'à lui.

La magie de Cora prit une teinte orangé scintillant et les engloba, ainsi que leurs chevaux.

— Et le fait que je sois humaine ne dérange personne ?

— Au contraire, tout le monde déteste ça, mais en même temps cela nous apporte… un espoir.

Cette réponse était inattendue.

— Pourquoi ?

— Trouver sa moitié est un don des dieux. Ce n'est presque plus arrivé depuis mille cinq cents ans, peut-être parce que nous avons été exilés d'Albion. Désormais, tous les faes espèrent pouvoir trouver leur propre compagne ou compagnon. (Voyant qu'Elise s'apprêtait à l'abreuver de questions, elle secoua une nouvelle fois la tête.) Non, nous aurons tout le temps d'en parler plus tard. Pour l'heure, voyons ce que les leaders humains ont à nous dire.

Elise hocha la tête, puis tenta d'adopter une expression qu'elle espérait aussi impérieuse que celle de Kian, même si elle craignait de donner juste l'impression de loucher. Plutôt que d'arriver tambours battants par les portes que Kian avait démolies, elles entrèrent au pas pour donner à tous les soldats le temps de remarquer leur drapeau blanc de parlementaires. Il était orné de l'insigne de Kian, composé de bois et de roses.

Gatesbridge et ses hommes attendaient dans la porte en ruine, leurs armes braquées sur elles. Elise espérait que les boucliers de Cora étaient aussi résistants que ceux de Kian. Sans cela, elles mourraient criblées de balles avant même de toucher le sol.

— J'apporte un message de la part du prince de sang des faes. Où est Ruth ? demanda Elise en regardant Gatesbridge de haut.

Jamais elle n'oublierait ses grosses mains sur sa nuque qui lui maintenaient la tête dans une bassine remplie d'eau. Elle s'était juré d'assouvir sa vengeance mais, pour l'heure, l'alliance était prioritaire.

— Les paroles d'une traîtresse ne nous intéressent pas. Déguerpissez avant que je vous abatte moi-même.

— Écartez-vous, ordonna Ruth, et tous les soldats obéirent. Gatesbridge, suffit.

Malgré son épuisement apparent, Ruth semblait encore si inflexible qu'Elise mourait d'envie de faire demi-tour sans demander son reste.

— Elise Carlisle… Je suis surprise de vous revoir ici.

— Je n'ai aucune envie d'être là, croyez-moi, mais on m'a chargée de vous inviter, vous et deux conseillers de votre choix, à venir au château dans trois jours pour entamer des pourparlers avec le prince. Avez-vous l'autorité nécessaire pour parler au nom de l'Angleterre ?

Ruth ne lui avait jamais donné ni son grade, ni son titre, ni même son nom de famille.

— Je devrais pouvoir l'obtenir. Quelles sont les conditions du prince ?

— Il demande simplement que vous veniez à Stonehenge discuter de la paix, si c'est un sujet qui vous intéresse. Les autres conditions du prince et de ses frères seront exposées là-bas.

Ruth pâlit.

— Il a des frères !

— En effet, et ils ont tous renoncé provisoirement à leur rêve de bouter les humains hors de l'Angleterre pour en faire une île réservée aux faes parce qu'ils pensent qu'il existe une chance de collaboration entre nous. (Elise accompagna cette phrase d'un sourire menaçant dont elle tira une grande satisfaction.) Ne laissez pas passer cette occasion. J'ai eu beaucoup de mal à convaincre Kian de vous l'offrir. Les autres princes resteront sur la réserve tant qu'il ne sera pas persuadé qu'un traité est possible. Je connais les armes dont disposent les humains et je peux vous affirmer que, si vous vous entêtez dans cette guerre, votre défaite est assurée. Cela devrait vous donner matière à réflexion pour les prochains jours.

Elise repartit sans même les saluer. Étant donné la façon dont ils l'avaient traitée, ils ne méritaient aucun effort de courtoisie. Elle fit pivoter son cheval et s'en alla avec Cora par où elles étaient venues. Elles s'éloignèrent sans encombre et, lorsque le camp disparut de leur vue, poussèrent un soupir de soulagement.

— Vous pensez qu'ils viendront ? demanda la générale. Je n'ai pas l'impression qu'ils saisissent bien cette notion de paix.

— Ils ont peur mais, comme ils ne savent pas de quoi d'autre les faes sont capables, cela devrait suffire à les faire s'asseoir à la table des négociations. Kian parviendra à les convaincre du reste.

— Ou bien il en profitera pour les tuer tous.

Elise espérait que les choses n'en arriveraient pas là.

Chapitre 28

La cour du deuxième niveau du château était métamorphosée. Les plantes mortes recouvertes de neige avaient cédé la place à un jardin estival luxuriant. Des roses et d'autres fleurs au doux parfum embellissaient de leur éclat une fontaine ornée d'un cerf fièrement dressé, entouré de nymphes dansantes. Les faes aimaient les décors grandioses et, même s'il s'agissait d'une rencontre pour discuter d'un traité de paix, Kian ne manquerait pas de trouver des moyens subtils d'exposer sa puissance.

Des guerriers à la tenue immaculée étaient postés sur le périmètre des jardins, à courte distance de la table et des chaises qui y avaient été disposées. Juste assez près pour paraître menaçants et intervenir si nécessaire.

Kian et Elise portaient des vêtements similaires, noirs aux coutures dorées. Elle avait pensé que le prince sortirait une belle couronne en or pour l'occasion, mais il s'était contenté d'une couronne faite de feuilles vertes. Malgré son aspect modeste, il était impossible d'oublier qui il était. Tout son être exprimait tant de puissance et d'autorité que son regard éveillait l'effroi chez tous ceux sur qui il se posait.

Le rouge de ses cheveux atteignait désormais les anneaux dorés qu'il portait à ses oreilles pointues. Elise avait du mal à se retenir d'y passer la main. Kian lui avait également donné une dague semblable à la sienne et lui avait demandé de la porter.

— Cela me rassure que tu sois armée, dit-il en l'embrassant. Tu as l'habitude de poignarder les gens après tout.

— Tu es le seul que j'aime poignarder, le taquina-t-elle. (Kian lui mordilla la lèvre supérieure. Aussitôt, le cœur d'Elise s'accéléra et ses pupilles se dilatèrent.) Arrête d'essayer de m'exciter. Tu dois parler aux humains et tu n'y couperas pas.

Kian lui répondit avec un sourire qui aurait damné un saint.

— Je crois que je vais abréger les pourparlers alors.

Elise lui prit la main et lui embrassa les doigts.

— Merci de faire ça pour moi. Essaie de garder ton calme.

Kian s'apprêtait à répondre lorsque Cora arriva dans la cour, suivie de Ruth, de Gatesbridge et d'un homme qu'Elise mit quelques secondes à reconnaître.

— C'est Mark Holbrook, le Premier ministre, murmura-t-elle à Kian. Ce n'est pas un roi, mais c'est lui qui dirige l'Angleterre.

— Au moins, ils nous prennent au sérieux.

— Je vous présente le prince de sang des faes et sa compagne, Lady Elise Carlisle, annonça formellement Cora en s'inclinant devant eux.

— Je vous remercie d'avoir organisé cette rencontre, déclara Holbrook. Je m'appelle Mark et je suis le Premier ministre de la Grande-Bretagne. Je crois que vous connaissez déjà Ruth et le général Gatesbridge.

Il semblait moins nerveux que ses deux associés, ce qui était logique, car il passait ses journées à rencontrer des personnes intimidantes.

— Oui, nous nous sommes croisés lorsqu'ils torturaient ma compagne, répliqua Kian avec un sourire glacial.

Elise mourait d'envie de l'étrangler, mais il continua comme si de rien n'était :

— Elle m'a convaincu de tourner la page. Ce n'est pas dans l'habitude des faes, mais j'ai décidé d'honorer sa requête.

— Je vous en remercie. Je souhaite moi aussi que nous oubliions toutes ces choses… déplaisantes.

Elise leur indiqua la table.

— Je vous en prie, mettez-vous à l'aise, les invita-t-elle dans l'espoir de détendre la situation, car Kian et Gatesbridge se regardaient droit dans les yeux, prêts à se jeter l'un sur l'autre.

Les heures de négociations commencèrent. Elise fit de son mieux pour rester attentive et garda la main sur la cuisse de Kian tandis qu'ils discutaient des termes de l'accord.

Kian voulait demeurer à Stonehenge, avec un vaste territoire dans le périmètre du site où il ferait pousser une forêt et installerait une petite population de faes. Ils se soumettraient aux lois faes et tout jugement ou toute sanction dépendrait de lui. Bayn conserverait son château et une région du nord de l'Écosse pour les faes de l'hiver, incapables de supporter le climat du sud de l'île.

Les humains et les faes apprendraient à cohabiter et à échanger leurs connaissances et leurs compétences. Mais, surtout, le monde apprendrait la véritable histoire des batailles du haut Moyen Âge et des atrocités commises à l'encontre des faes. Kian leur raconta ce qui s'était passé et leur expliqua ce qui motivait son désir de vengeance.

En retour, toutes les hostilités contre l'Angleterre cesseraient. Non, il ne rendrait pas les enfants. Ils seraient bien traités. Une fois adultes, s'ils exprimaient le désir de revenir à Albion, on les y autoriserait peut-être.

Le Premier ministre allait devoir discuter avec son homologue écossais à propos de la présence de Bayn, mais les autres requêtes lui semblaient raisonnables.

— Vous faites comme si nous n'avions pas le choix ! explosa Gatesbridge.

Tous le regardèrent froidement.

— C'est le cas, rétorqua Kian. Apprenez une chose : nous avions l'intention de geler tout le pays et de le plonger dans l'obscurité jusqu'à ce que les humains soient contraints de partir. Si je suis assis à cette table, et si vous êtes encore en vie, c'est uniquement grâce à ma compagne.

— Reprenez-vous, voyons ! Vous êtes là pour veiller au bien de l'Angleterre, pas pour régler vos comptes personnels, gronda le Premier ministre.

Gatesbridge secoua la tête, incrédule.

— Non ! C'est notre pays et je refuse de le voir sombrer dans la ruine parce qu'une traînée a décidé d'écarter les cuisses devant l'ennemi, grogna-t-il.

Elise ne vit l'arme qu'une fois le coup de feu parti et elle se retrouva plaquée au sol par Kian.

Tout le monde se mit à crier, mais elle ne voyait que les yeux de prince au-dessus d'elle et la chaleur humide qui trempait ses vêtements.

— Kian ?

Elle le retourna sur l'herbe et poussa un cri. Le torse du fae était maculé de sang ambré.

— Je devais te... protéger, balbutia-t-il.

Il lui caressa la joue et Elise appuya les mains sur sa plaie, ravagée par la panique et la douleur.

— Tout va bien se passer. Respire, d'accord ? À l'aide, vite !

Elle leva la tête pour regarder les guerriers faes qui les entouraient. Gatesbridge était plaqué au sol, la lance de Cora pointée sur sa tête.

— Elise, je suis désolée, murmura Kian. La paix ne fonctionnera pas. Mes frères voudront me venger.

— Chut, ne dis pas des choses pareilles. Tu vas t'en remettre.

Elle pleurait à chaudes larmes qui tombaient sur son compagnon et la main du prince se détacha de sa joue.

— Embrasse-moi, Elise.

Elle appuya ses lèvres tremblantes contre les siennes.

— Je suis si heureuse d'être à toi.

— Moi aussi, répondit-il dans un soupir.

Elise le secoua.

— Kian ? Kian !

Cora la saisit pour la relever. Au même instant, une enveloppe couleur ambre commença à se former autour du corps du prince.

— Ma dame, je vous en prie, supplia la générale.

Mais Elise lui résistait. Horrifiée, elle vit l'ambre arriver jusqu'au visage et aux bois de Kian. La boule magique qui palpitait en elle, symbole du lien qui les unissait, commençait à s'amenuiser à mesure que son compagnon s'enfonçait dans un lieu où elle ne pouvait pas le suivre.

— Non ! hurla-t-elle.

Un souffle magique propulsa Cora au loin. Elise se précipita sur Kian et frappa de ses poings la carapace qui l'entourait. La matière craqua comme de la cire et elle lui dégagea le visage, le cou et la nuque. Kian était transformé. Ses cheveux avaient retrouvé une teinte rouge foncé et la plaie s'était refermée sur sa poitrine.

— Pas question que tu meures sous mes yeux, sale crétin arrogant !

Elle se pencha sur lui pour lui faire du bouche-à-bouche et un massage cardiaque. Elle s'était initiée aux premiers secours lorsqu'elle avait décidé de prendre soin de son père et elle refusait de perdre un deuxième homme qu'elle aimait. *Pas cette fois.*

— Réveille-toi, enfoiré ! On n'en a pas encore fini, haleta-t-elle. (Elle redoubla d'efforts et des runes s'illuminèrent sur sa peau.) Je ne peux pas croire que tu abandonnes si facilement. Si tu ne reviens pas, ça voudra dire que j'aurai enfin eu le dernier mot. Ne me fais pas ça, bon Dieu !

Elle lui décocha un coup de poing dans le cœur et la magie explosa hors d'elle pour pénétrer en lui. Kian reprit conscience et inspira à fond.

— Attends, tu viens de me ramener à la vie en m'engueulant ? lui dit-il d'une voix sifflante.

Elise se pendit à son cou.

— Je te l'ai dit : tu ne mourras que le jour où j'aurai décidé de te tuer.

Le lien brillait comme un chaud soleil d'été en elle. Elle l'embrassa, encore, et encore, et encore.

— Impossible, marmonna Cora.

— C'est ma compagne, répondit Kian. (Il regarda les restes de la carapace qui gisaient autour de lui.) Tu as brisé mon linceul ? Quel manque de respect.

— Tu me puniras plus tard.

Cora les interrompit en frappant le sol du bout de sa lance.

— Mon prince, laissez-moi tuer votre agresseur.

— Je vous assure qu'il sera puni, déclara le Premier ministre. (Ruth et lui étaient à genoux, les mains sur la tête, entourés de gardes.) Prince, vous avez demandé à assurer vous-même le jugement de vos faes. Je souhaiterais que vous nous accordiez la même faveur.

Kian et Elise se relevèrent lentement. Elle passa un bras autour de sa taille pour le soutenir en cas de besoin. Le prince se tourna vers Gatesbridge, le regard noir de fureur.

— Vous avez essayé à deux reprises de tuer ma compagne, une femme sans défense, grogna-t-il en s'avançant vers le général. (Son couteau fendit l'air et tailla deux lignes sur les joues de Gatesbridge.) Vous n'avez aucun honneur et vous porterez cette marque d'infamie jusqu'au jour de votre mort. Mark, vous punirez cet homme selon vos lois, mais je lui interdis de chercher à soigner ces coupures.

— Je vous ai compris, répondit le Premier ministre. Merci.

Kian hocha la tête et ses guerriers laissèrent Holbrook et Ruth se relever.

— La discussion est terminée pour aujourd'hui. Vous pouvez partir et, demain, vous m'apporterez vos réponses. Aujourd'hui, je suis mort et ma malédiction s'est levée. (Il regarda Elise et, dans ses yeux dorés, l'amour avait remplacé la haine.) Je veux rester seul avec ma compagne.

Chapitre 29

À l'insistance d'Elise, les accords finaux se firent sans échange de sang et sans magie, même si, pour Kian, une simple signature ne permettait pas de sceller un traité formel. Elle l'avait convaincu en lui disant que de cette manière, au moins, il serait légitime qu'il réagisse si jamais les humains ne tenaient pas parole. Après tous ces siècles passés sous le joug d'un serment par le sang, Kian ne tarda pas à comprendre la sagesse de cette voie.

Le prince ne cessait de sourire en regardant ses cheveux rouges. Ils avaient prévu de rendre visite à Chrissy au cottage dans l'après-midi, mais, avant cela, ils devaient contacter ses frères pour les mettre au courant de l'accord.

Elise était recroquevillée dans un fauteuil du cabinet de travail. Elle faisait semblant de lire pour mieux observer Kian. Jamais elle ne se remettrait du traumatisme qu'elle avait subi lorsqu'il était mort dans ses bras. Elle se réveillait encore plusieurs fois par nuit pour vérifier qu'il respirait bien.

—Je t'ai déjà dit que j'ai toujours eu un faible pour les rouquins ? le taquina-t-elle.

— Pas expressément, non, mais ton corps m'en a donné la preuve la nuit dernière, lui répondit-il en traçant des runes sur le miroir.

Elise se leva pour le rejoindre et il passa un bras autour de sa taille.

Bayn apparut le premier et Elise se pencha contre Kian. Le prince de l'hiver semblait aussi sombre qu'à son habitude.

— Petit frère, ravi de te voir, l'accueillit Kian avec entrain.

Killian apparut à son tour dans le miroir et un énorme sourire se dessina sur son visage.

— Ta malédiction est vaincue ! Waouh, j'avais oublié à quel point tes cheveux étaient clairs ! Bien joué, Elise. Comment tu as réussi ton coup ?

Son exubérance compensait le regard noir de Bayn.

— Je l'ai ramené à la vie, répondit la jeune femme.

Killian éclata de rire.

— Ça, je n'en ai aucun doute, ma belle !

— Non, elle parle littéralement.

Kian leur raconta les événements des derniers jours et sa voix se gonfla de fierté lorsqu'il arriva au passage où Elise avait brisé son linceul pour le ressusciter avec un baiser.

— Nous avons signé le traité avec les humains, conclut-il.

— Je sais, je l'ai vu aux infos humaines, répondit Killian. Cette époque a développé une science très étrange. Elise te la fera découvrir. En tout cas, cela me soulage d'un gros poids. Je vais pouvoir mourir en paix sans avoir à épuiser ma magie et mon énergie pour plonger Albion dans le noir.

— J'aimerais pouvoir me réjouir autant que vous. Vous êtes malades, l'un comme l'autre, décréta Bayn. Les humains respecteront la paix jusqu'à ce qu'ils trouvent le moyen de nous exterminer et pas une minute de plus.

— Si cela arrive, nous riposterons, Bayn, mais la paix vaut largement ce risque. Ta compagne se trouve peut-être quelque part sur cette île.

— Je ne veux pas de compagne, putain ! Je préfère mourir de ma malédiction plutôt que me lier à la descendance de mes ennemis. Fais ce que bon te semble, Kian. Quand tout partira en couilles, tu sauras où me trouver. En tout cas, moi, je compte bien les faire geler jusqu'à ce qu'ils crèvent jusqu'au dernier !

Sur ces mots, il disparut et une partie du miroir se couvrit de givre.

— Ne t'en fais pas pour lui, soupira Killian. Vous avez bien agi, l'un comme l'autre. Elise, j'ai hâte de te rencontrer en personne. N'hésite pas à mener Kian à la baguette chaque fois que tu en auras l'occasion.

— Promis, lui répondit-elle tandis que Killian disparaissait à son tour en lui envoyant un baiser. Bayn est toujours aussi furieux ?

— Oui, mais je ne m'attendais pas à ce qu'il comprenne ou à ce qu'il réagisse bien. Son cœur se glace petit à petit, après tout.

— Je me demande s'il existe un moyen de le guérir sans faire appel à une humaine ? Peut-être que l'un des ouvrages de ta bibliothèque contient un indice.

Elle voulait faire tout ce qui était en son pouvoir pour aider les frères de Kian. Il était toujours bon d'aborder un vieux problème avec un nouveau regard. Kian lui pinça la hanche.

— Aïe ! Qu'est-ce que j'ai fait pour mériter ça ?

— Je t'interdis de penser aussi fort à mon frère, dit-il en l'attirant contre lui. Je t'aime, humaine infernale.

Elise passa les bras autour de son cou.

— Crétin de fae !

— Tu m'aimes, hein ? Et tu es folle de mon corps, rétorqua-t-il en frottant son nez contre le sien.

— Qu'est-ce qui te fait dire ça ?

Elle poussa un petit cri lorsqu'il la souleva et la mordit à l'épaule. Avec un rire qui résonna dans son torse, Kian la porta jusqu'à la chambre.

— Moi aussi, je t'aime, répondit-elle avant de l'embrasser, leur lien plus brûlant que jamais.

Épilogue

Personne n'était prêt à la fin du monde. Mais, malgré la douleur que cela entraînait, il fallait pourtant qu'il meure pour pouvoir renaître de ses cendres.

Le gouvernement accepta vite tous les termes du prince Kian. Le choix s'était imposé de lui-même car de cette manière, au moins, les faes et les humains auraient plus de chances de survivre que si la guerre se prolongeait.

Personne ne pouvait lire l'avenir ou prédire si les humains accepteraient pleinement la présence des faes, mais au moins c'était un nouveau départ vers une vie meilleure pour tous.

Tous ne pouvaient qu'espérer que, cette fois, chaque camp respecterait ses serments. La colère insatiable du prince de l'hiver était également un gros sujet d'inquiétude mais, pour l'heure, jamais l'avenir n'avait été aussi radieux.

Achevé d'imprimer en décembre 2023
Par CPI Brodard & Taupin à La Flèche
N° d'impression : 3055322
Dépôt légal : janvier 2024
Imprimé en France
81122001-1